新多益
頻出字彙
1200

初級

四國口音
MP3
英澳美加

作者 L. A. Stefani
譯者 王佳蓉

本新多益字彙系列從高達720萬字的單字使用頻率資料庫中，
選取最常使用且完全不重複的**4,800**字，
依難度分成初級／初中級／中級／中高級四冊，
主要字彙完全不重複

CONTENTS

前言

本書專為想在新多益測驗中攻取高分數的人，編寫出四週字彙能力的增強計畫，同時也幫助讀者具備足以應付業務溝通的英語程度。

本書的目的，在於針對 TOEIC 測驗中出題率高的單字，幫讀者進行集中且有效的學習。根據實用英語單字的使用頻率資料庫，選出最重要的基本單字 1,200 個，安排出一套讓學習者在四週內（24 天）輕鬆學習的計畫。

全套總計 4,800 單字，共分為四冊，按難易度與學習進程分別編為「初級」、「初中級」、「中級」和「中高級」，**四冊的單字完全不重複**。

TOEIC 測驗的主要目的是測驗考生在**日常生活、商業活動與職場中的英語溝通能力**，因此學校未必教授但與商業、職場相關的用語單字，必然為本書介紹重點。多益測驗要求的是對整句、整段英文含意有所了解，而不是只單懂得單字在字典上的意思。因此，本書中和**例句**一起呈現的基礎單字知識，不但可以幫助您在考試中得取高分，也能充實您的英語溝通能力。

為什麼要考多益測驗？

在現代職場上，英語是一項不可或缺的工具，因此，英語能力也成為公司行號招考雇用員工時參考的指標。那麼，如何在求職時，證明你使用英語的能力？哪一種英語能力認證最具公信力？在各種英語能力測驗中，當推多益測驗為首。

不只是許多全球跨國企業，現在台灣許多企業也都跟進採用多益測驗成績，來當作招聘員工之指標。更進一步地，公司內部的升遷、評估訓練成果、遴選員工赴海外受訓等，也多以多益測驗成績為標準。因此，想在求職時增加自己的籌碼、獲得更多的機會，就是擁有高分的多益成績！

什麼是多益測驗？

多益測驗是 TOEIC 的中文稱法，其完整的英文是「Test of English for International Communication」。相對於以校園生活英語為主的托福測驗，多益測驗是專為**職場英語**所設計的認證測驗，主要測試非英語母語人士在國際商務環境中，實際運用英語的能力。

1979 年，創辦 TOFEL、GRE 等的 ETS（Educational Testing Service 教育測驗服務社），為了因應企業要求一套客觀職場英語能力測驗，而發展出多益測驗。多益測驗首次舉辦之後，即廣為許多國家採用，並迅速地成為職場英語能力檢定的國際標準。

如今，多益測驗是全球最通行的職場英語能力測驗，共有 165 國家在施行多益測驗，每年的測試人口超過七百萬。此外，許多校園也要求畢業生須接受多益測驗，而且成績須達一定的分數，以幫助學生在畢業後能更加順利地進入職場。

測驗內容

由於多益測驗是以測驗職場英語能力為目的，因此測驗的內容，當然就是以職場上所需要的英語為主。舉凡**會議、行銷、銀行業務、投資、稅務、會計、電話、傳真、電子郵件、應徵、雇用、薪資、升遷、退休、旅遊、飲食、娛樂、保健等**，都是測驗會涉及的主題。

乍看之下，測驗的題材雖然非常多元化，包含的領域也非常廣，但其實讀者並不需要擔心，因為多益測驗是針**對非英語母語人士**使用英語之環境所設計，所以測驗內容其實都只是職場上會應用到的**日常用語**，讀者並不需要具備專業的商業或技術辭彙。

多益兩大題目類型：聽力與閱讀

多益測驗的題目共 200 題，內容分為「聽力」與「閱讀」兩大部分，測驗時間為兩小時。

① 第一大類：聽力

考生會聽到各種英語的直述句、問句、短對話、短獨白，並根據所聽到的內容回答問題。聽力共 4 大題，總數 100 題，時間 45 分鐘：

第一大題	**Photographs**	照片描述	10題（四選一）
第二大題	**Question-Response**	應答問題	30題（三選一）
第三大題	**Conversations**	簡短對話	30題（四選一）
第四大題	**Talks**	簡短獨白	30題（四選一）

② 第二大類：閱讀

題目及選項都印在題本上。考生須閱讀多種題材的文章，然後回答相關問題。閱讀共3大題，總數100題，時間75分鐘。

第五大題	**Incomplete Sentences**	單句填空	40題（四選一）
第六大題	**Text Completion**	短文填空	12題（四選一）
第七大題	**Reading Comprehension**		
	Single passage	**單篇文章理解** 28題（四選一）	
	Double passage	**雙篇文章理解** 20題（四選一）	

分數計算

考生用鉛筆在電腦答案卷上做答，考試分數由答對題數決定，將聽力測驗與閱讀測驗答對的題數轉換成分數，聽力得分介於 5—495 分、閱讀得分介於 5—495 分，兩者加起來即為總分，範圍在 10 到 990 分之間。答錯不倒扣分數。

有效使用本書的方法

本書收錄了 1,200 個左右的單字，為了讓讀者在四週內的學習能融會貫通，分成 24 個學習天數，於每頁編入四個**學習例句**。為方便讀者研習，句中應學習的單字以有顏色的粗體字標出，學習範圍外的單字則以粗體字呈現。

運用例句的學習

研讀時，請**先看英文例句**，還不要看中譯文，先考考自己是否能明白其含意。如果能理解其含意，就在確認過套色粗體字單字意義之後，再進展到下一個例句。看完例句後，如果不明白例句的含意，可先確認是否了解以粗體字標出的單字含意，如果也不了解，則不妨參考最下面的譯文來確認句子的含意。

以例句來學習時，要提醒自己盡量不要以「將英文翻成中文」的方式，來牢記原文含意，以訓練自己直接理解英語的能力。如果平日的學習就能克服用中譯來理解英文的弱點，便能掌握獲取高分的首要條件。本書之所以將例句的中譯編排在版面的最下面，與英文例句分隔開來，就是希望讀者能熟練此種學習方法，擺脫依賴中文的習慣。

結束四個例句的學習後，再從頭快速將例句復習一遍，確認自己是否能明白其含意，並在沒有把握的例句上打上記號，反覆學習，直到熟記為止。

運用字彙解說學習

每頁的英文例句之後有「字彙解說」部分，是將應該學習的主單字**意義**、**衍生字**和**相關單字**，以容易記憶的形式加以歸納整理。

在結束例句的學習後，若想確認單字的意思，可參考「字彙解說」。如果不需要利用例句，想集中單字學習時，亦可將「字彙解說」當作單字背誦表，徹底活用。不論是哪一種方式，只要將主單字、衍生字與相關單字串連在一起記憶，便能達到最有效的學習。

MP3 的收錄內容

本書另錄製有 MP3，**完整收錄**所有英文例句。由四國（美、加、英、澳）專業播音員以道地自然的正常說話速度錄音而成，讀者可搭配書籍學習。

在收聽 MP3 時，盡量不要看教材，以訓練自己的聽力，將精神集中在MP3 所播放的聲音上，把英文當作是一個聲音組合來處理，以聽到的順序來加以理解，反覆進行此類訓練，便能確實地提昇聽力。

BASIC VOCABULARY 1200

Week

1st

❶ She **sorted** the mail and placed the important letters on his desk.

❷ He **owns** a luxurious apartment with five rooms.

❸ I got **used** to the sarcastic remarks Leonard makes.

❹ The **lot** this house sits on is 9,000 square feet.

❶ **sort** [sɔrt]	動 分類；整理　名 種類；分類
❷ **own** [on]	動 擁有　形 自己的
❸ **used** [just]	形 習慣的（get used to + 名詞或 + -ing） 動 表過去經常的習慣（used to + 原形動詞）
❹ **lot** [lɑt]	名 一塊地；一組；很多；命運

1. 她將信件**分類**好，並把重要的信放在他的桌子上。
2. 他**擁**有一棟五房的豪華公寓。
3. 我**已習慣**李奧納多諷刺的話了。
4. 這棟房子佔**地** 9,000 平方英尺。

5 You've **eased** my mind.

6 It is very **difficult** to translate for the ambassador because of his heavy accent.

7 Does there seem to be a **problem**?

8 I won't cause you any **trouble**.

5 ease [iz]	動 使安心;減輕(身心之痛苦或憂慮);緩和 名 安心;舒適;減輕;容易 → 形 easy 容易的;輕鬆舒適的
6 difficult ['dɪfəˌkəlt]	形 困難的 → 名 difficulty 困難
7 problem ['prɑbləm]	名 問題;難題;困難;問題人物 → 形 problematic 問題的;不確定的
8 trouble ['trʌbl̩]	名 麻煩;煩惱;憂愁;問題;困惑 動 使煩惱;麻煩;使困惑 → 形 troublesome 困難的;麻煩的

5. 你讓我心情放鬆不少。

6. 由於大使有濃重的口音,所以很難為他翻譯。

7. 有什麼問題嗎?

8. 我不會造成你任何的困擾。

⑨ Our unsettling **dilemma** is to lay off employees or file for bankruptcy.

⑩ Our apparent **handicap** can be used as a competitive advantage.

⑪ I hate to **repeat** myself, but this report has to be perfect.

⑫ We all know it's best not to talk to the supervisor when she is in a bad **mood**.

⑨ **dilemma** [dəˋlɛmə]	名 窘境；進退兩難
⑩ **handicap** [ˋhændɪ͵kæp]	名 不利的條件；障礙；殘障 動 加障礙於；妨礙
⑪ **repeat** [rɪˋpit]	動 重複；反覆；轉述　名 重複；反覆 → 名 repetition 重複　形 repetitive 重複的
⑫ **mood** [mud]	名 情緒；氣氛；語氣 → 形 moody 心情不穩的；易怒的；憂鬱的

9. 我們有懸而未決的兩難，若不裁員就得宣布破產倒閉。

10. 我們可以利用明顯不利的條件以成為競爭的優勢。

11. 我不喜歡重複同樣的話，但是這份報告必須做到最完美。

12. 我們都知道，在上司心情不好的時候，最好不要跟她說話。

⑬ We haven't decided which **course** of action to take.

⑭ Have you **processed** my order yet?

⑮ A need for more data was the **reason** cited for the Food and Drug Administration's lack of approval.

⑯ Media companies and Internet service providers are **forming** an alliance.

⑬ **course** [kɔrs]	名 方法；進行；前進；過程；路線；課程
⑭ **process** [`prɑsɛs]	動 處理；加工；用照片製版 名 進展；過程；方法　形 處理過的
⑮ **reason** [`rizn̩]	名 理由；動機；思考；推論 動 推理；思考；爭論；說服；使合邏輯 → 形 reasonable 理智的；合理的
⑯ **form** [fɔrm]	動 形成；作成；培養；組織 名 形狀；形式；表格 → 名 formation 組織；構造

13. 我們還沒決定要採取哪一種行動方式。

14. 你處理我的訂單了沒？

15. 食品藥物管理署指出沒有批准的原因是因為資料不足。

16. 媒體企業和網路服務供應商（ISP）正在形成聯盟。

⑰ I won't be **able** to attend the meeting on Friday.

⑱ We don't have Internet **capability** at this time.

⑲ We would like to hear your **true** thoughts rather than a politically correct statement.

⑳ **Follow** this street until you come to a T intersection, then turn right.

⑰ **able** [ˋeb!]	形 能的；能幹的 → 名 ability 能力　名 inability 無能；無力 　反 形 unable 不會的；不能勝任的
⑱ **capability** [ˏkepəˋbɪlətɪ]	名 能力；才能；手腕 → 形 capable 有能力的；有才能的 　反 形 incapable 無能的；不會的 　反 名 incapability 無能力；無資格
⑲ **true** [tru]	形 真的；正確的；忠實的；確實的 → 名 truth 真實；真相；真理 　形 truthful 誠實的；確實的 　反 形 untrue 不忠實的；不正確的
⑳ **follow** [ˋfɑlo]	動 沿……而行；跟隨；追隨；經營

17. 我沒有**辦法**出席星期五的會議。

18. 這段時間我們不能使用網路。

19. 我們想要聽你**真正**的想法，而不是政治正確的論述。

20. 你**沿著**這條街一直走，看到 T 字交叉路口時，就往右轉。

21 The reference manual will **guide** you step by step through the new program.

22 I **wonder** if you could send me your latest catalog.

23 Please include a business-size **envelope** with a 33-cent stamp.

24 Please **stamp** the documents "paid in full" and file them.

21 guide [gaɪd]	動 引導；指導　名 嚮導；指南 → 名 guidance 嚮導；指導
22 wonder [ˋwʌndɚ]	動 想知道；感到疑惑；覺得懷疑 名 驚異；奇蹟；不可思議之物 → 形 wonderful 極好的；精彩的
23 envelope [ˋɛnvə͵lop]	名 信封
24 stamp [stæmp]	動 蓋印；踏；跺腳　名 圖章；郵票

21. 這本參考指南能一步一步**引導**你了解新計畫的內容。

22. **不知**您能不能寄給我你們最新的目錄？

23. 請放入貼有 33 分郵票的商業用**信封**。

24. 請在文件蓋上「已繳清款項」的章，然後歸檔。

25 She asked them not to walk on the **wet** floor.

26 Dave Zetner, **former** ambassador to Rwanda, refused the proposal.

27 Eugene Skinner, **onetime** president of the Brown Corporation, joined Globe Tech as the CEO.

28 He quit because he could not **bear** to leave his family for another business trip.

25 wet [wɛt]	形 潮濕的；多雨的；降雨的
26 former [ˈfɔrmɚ]	形 以前的；從者的；前任的
27 onetime [ˈwʌntaɪm]	形 從前的；過去的
28 bear [bɛr]	動 忍耐；忍受；支持；具有；承擔

25. 她請他們不要走在潮濕的地板上。
26. 駐盧安達前任大使迪夫・季特納否決了這項提案。
27. 曾任布朗公司董事長的尤金・史金納，擔任了全球科技公司的執行長。
28. 他無法忍受離開家人再去出差，所以辭職了。

㉙ The mail carrier lost a **batch** of letters when the dog chased him back to his truck.

㉚ Nancy received a **bundle** of roses and placed them in a vase.

㉛ There are a **bunch** of little kids playing baseball in the park.

㉜ The **couple** strolled hand in hand down the boulevard.

㉙ **batch** [bætʃ]	名一批；一組；一群 動分批收集；量出（一次配料）
㉚ **bundle** [ˋbʌndl̩]	名一綑；一束；包 動捆紮
㉛ **bunch** [bʌntʃ]	名群；束；一團
㉜ **couple** [ˋkʌpl̩]	名一雙；兩人；配偶 動連合；聯繫；成對

29. 郵差被狗追著跑回貨車時，掉了一批信。
30. 南西收到了一束玫瑰，並將之插在花瓶裡。
31. 有一群小孩正在公園裡打棒球。
32. 那對夫婦手牽著手漫步在林蔭大道上。

33 Janice bought a **pair** of figurines at an African art store.

34 Kate has an identical **twin**.

35 He had requested **dual** citizenship so he could easily maintain his business in both countries.

36 At one time he was considered the most sought-after **single** man in the country.

33 pair [pɛr]	名 一對；一組 動 使成對
34 twin [twɪn]	名 雙胞胎的一人 動 密切結合；使成對 形 兩個相似的；關係密切的
35 dual [ˋdjuəl]	形 雙重的；二元的 → 名 duality 雙重性；二元
36 single [ˋsɪŋgl̩]	形 獨身的；單一的；僅只一個的 名 單身者 → 形 singular 單一的；單數的

33. 珍妮絲在一個非洲藝品店買了一對小雕像。

34. 凱特有個同卵**雙胞胎**。

35. 他申請了**雙重**國籍，所以能毫無困難地維持在兩國的生意。

36. 在這國家他一度被視為最有人氣的**單身漢**。

37 We **pieced** the information together as best as we could.

38 The chairs are selling for $10 **apiece**.

39 **Several** options are available for making deposits.

40 His paycheck will gain a **few** dollars next month.

37 piece [pis]	動 連接;修補;接合 名 片斷;部分;一件
38 apiece [ə`pis]	副 每個;每人;每件
39 several [`sɛvərəl]	形 幾個的;各自的;不同的
40 few [fju]	形 少數的;很少的 a few 一些;少數;數個

37. 我們盡所能地將訊息**拼湊**起來。

38. 這些椅子**每張**賣 10 美元。

39. 辦理存款有**數種**選擇。

40. 下個月他的薪資支票會增加一**些**錢。

① Shall we relax a **bit** before dinner?

② The buffet is served for $30 **per** person.

③ Inflation **averaged** 30 percent last year.

④ Sales have **doubled** since Mr. Hibler became the company's CEO.

41 bit [bɪt]	名 一點點；一小塊
42 per [pɚ]	介 每一
43 average [ˈævərɪdʒ]	動 平均分配 形 平均的 名 平均（值）
44 double [ˈdʌbḷ]	動 使加倍 形 雙倍的；兩種的 名 兩倍；雙打；二壘安打

41. 我們在晚餐前休息一下好嗎？

42. 歐式自助餐每人收費三十元。

43. 去年通貨膨脹平均上漲了 30 ％。

44. 自從希伯樂先生成為公司的執行長後，業績已雙倍成長。

45 Fortunately, we have **tripled** our profits in the past two years.

46 I know that you are concerned, but we don't want to **jump** to negative conclusions.

47 They **hopped** into a taxi and headed for the convention center.

48 After quite a struggle, the cork **popped** out and the champagne spewed.

45 triple [ˋtrɪpl̩]	動 增至三倍 形 三倍的；三重的 名 三倍的數量；三疊安打
46 jump [dʒʌmp]	動 跳；跳過；物價突漲 名 跳躍；彈跳
47 hop [hɑp]	動 跳躍；起飛
48 pop [pɑp]	動 砰然地響 名 短促的爆裂聲；汽水類飲料

45. 幸運的是，過去兩年來我們的利潤成長三倍。

46. 我知道你關心，但是我們不想匆促地做出否定的結論。

47. 他們飛快地跳進計程車，然後前往會議中心。

48. 經過一番努力後，軟木塞砰地彈出，香檳酒滿溢了出來。

❶ Don't make a **promise** if you can't keep it.
❷ He thought the director was acting very **strangely**, but he said nothing.
❸ Her **bizarre** clothing is not **appropriate** for the meeting.
❹ He has a very clever **brain**.

❶ **promise** [ˋprɑmɪs]	名 約定；諾言；預兆；有望 動 約定；斷言；答應 → 形 promising 有希望的；有前途的
❷ **strangely** [ˋstrendʒlɪ]	副 古怪地；不可思議地 → 名 strangeness 奇怪
❸ **bizarre** [bɪˋzɑr]	形 古怪的；奇異的
appropriate [əˋproprɪ͵et]	形 適當的；特定的 [əˋproprɪ͵et] 動 撥為專用 → 名 appropriation 撥款；竊用 反 形 inappropriate 不適合的
❹ **brain** [bren]	名 腦；頭腦；智力 → 形 brainy 聰明的

1. 如果你不能履行**諾言**，就不要輕易許諾。
2. 他覺得導演舉止十分**異常**，但卻什麼都沒說。
3. 她的**奇裝異服**不適合這會議。
4. 他的**頭腦**非常清楚。

5 It is **wise** to hire bilingual people to work in the international branch.

6 As bright as he is, he is no match for the quick **wit** of the vice president.

7 She is very **bright** and has a good sense of humor as well.

8 She found the conversation with the president both **intellectual** and stimulating.

5 wise [waɪz]	形 聰明的；智慧的；有學識的 → 名 wisdom 智慧；知識
6 wit [wɪt]	名 機智；智力；才智 → 形 witty 機智的；詼諧的
7 bright [braɪt]	形 聰明的；活潑的；明亮的 → 動 brighten 使明亮；使愉快 　　名 brightness 明亮
8 intellectual [ˌɪntḷˈɛktʃʊəl]	形 知識性的；聰明的；智慧的 名 知識分子 → 名 intellect 智力；智能；知識分子

5. 在跨國分公司雇用雙語人才是**明智**的。
6. 像他那麼聰明的人，仍不如副總裁這般**才思**敏捷。
7. 她非常**聰明**也很有幽默感。
8. 她覺得和總經理聊天，極富**知性**和啟發性。

⑨ They want to hire an **intelligent**, hardworking **individual**.

⑩ He has no tolerance for **stupid** mistakes that continue to be repeated.

⑪ His **foolish** behavior at the party embarrassed his coworkers.

⑫ You shouldn't do such a **silly** thing.

⑨ **intelligent** [ɪnˋtɛlədʒnət]	形 聰明的；智能高的 → 名 intelligence 智能；情報
individual [ˌɪndəˋvɪdʒʊl]	名 個人 形 個人的 → 動 individualize 個別考慮；區別
⑩ **stupid** [ˋstjupɪd]	形 愚蠢的；乏味的 → 名 stupidity 愚行
⑪ **foolish** [ˋfulɪʃ]	形 笨的；愚蠢的 → 動 名 fool 愚弄；戲謔 名 foolishness 愚笨
⑫ **silly** [ˋsɪlɪ]	形 愚蠢的；可笑的；天真的 → 名 愚蠢；糊塗

9. 他們想聘請聰明、工作勤奮的人員。

10. 他無法忍受不斷重複的愚蠢錯誤。

11. 他在宴會的愚行讓他的同事感到困窘。

12. 你不該做這樣的蠢事。

13 Many parents are ignorant of the computer technologies used by their children.

14 It is not necessary to memorize all of the numbers.

15 Don't miss the opportunity to invest in this company.

16 He cleared his desk of everything except his calendar.

13 **ignorant** [ˋɪgnərənt]	形 無知的；無知識的；不知道的 → 動 ignore 不理；忽視 　 名 ignorance 無知
14 **memorize** [ˋmɛmə͵raɪz]	動 記憶；默記；熟記 → 名 memorization 記憶；暗記 　 名 memory 記憶 　 名 memorial 紀念日　形 紀念的；記憶的
15 **miss** [mɪs]	動 錯失；遺失；懷念
16 **clear** [klɪr]	動 清潔；澄清；弄明白　形 清楚的；明白的 副 清楚地；十分地 → 名 clearance 清理；撤除；清倉（大拍賣）

13. 很多父母對於孩子使用的電腦科技一無所知。

14. 不需記下所有的數目字。

15. 不要錯失投資這家公司的良機。

16. 除了月曆外，他清空了桌上所有的東西。

17 First, **cleanse** the area with warm water then apply the ointment.

18 Twenty employees got cancer after they did the **cleanup** of the radioactive material.

19 We are sorry to tell you that the repair process is out of our **control**.

20 **Step** carefully over the computer cables so that you don't trip.

---

17 cleanse [klɛnz]	動 清潔；淨化 → 形 clean 乾淨的；清楚的　動 清潔 　名 cleanness 清潔
18 cleanup [ˋklɪnˏʌp]	名 清除；清掃；盈利
19 control [kənˋtrol]	名 控制；管理；監督；克制 動 支配；監督；抑制
20 step [stɛp]	動 步行；行進；踏 名 步伐；足跡；手段

---

17. 首先，用溫水**洗淨**這個部位，然後塗上藥膏。

18. 在進行輻射物質**移除**作業後，二十名員工得到癌症。

19. 很抱歉告訴您，修理工程不受我們**控制**。

20. 走過電腦線時要小心點，免得絆倒了。

㉑ He has a knack for **picking** winning horses at the race.

㉒ Workers are **landing** the **goods** from a ship.

㉓ The computer training **program** is designed for beginners and lasts two weeks.

㉔ Let Jason walk **ahead** since he knows the way to the restaurant.

㉑ pick [pɪk]	動 選擇；摘取；挑揀 → 形 picky 吹毛求疵的；挑剔的
㉒ land [lænd]	動 卸貨；著陸；上岸；使降落 名 陸地；所有地
goods [gʊdz]	名【複數】商品；貨物
㉓ program [ˈprogræm]	名 節目；規劃；程式 動 排節目；擬計畫；規劃程式
㉔ ahead [əˈhɛd]	副 在前方地；向前；進行

21. 他有挑選贏家賽馬良駒的天分。
22. 工人們正從船上卸下貨來。
23. 這個電腦訓練計畫專為初學者設計，為期兩週。
24. 讓傑森走**前面**，因為他知道去餐廳的路。

25 **Lie** on your back and just relax.
26 She **laid** a green carpet on the floor.
27 The cake has several **layers** of chocolate frosting.
28 The display is placed on the **front** counter.

25 **lie** [laɪ]	動 躺臥；存在
26 **lay** [le]	動 布置；躺下；下蛋
27 **layer** [ˋleɚ]	名 層
28 **front** [frʌnt]	形 前面的；正面的 名 前線；正面；前方 → 形 frontal 前面的；正面的

---

25. 仰躺著，盡量放輕鬆。
26. 她在地板上鋪上綠色的地毯。
27. 這蛋糕有好幾層巧克力糖霜。
28. 那個展示品被放在前櫃檯。

㉙ The Internet is a new **frontier** for **conducting** international business.

㉚ The TV miniseries, *True Fugitive*, will **air** this fall.

㉛ We will **televise** the last game of the season on Channel 14.

㉜ Would you please **tape** the concert for me because I won't be able to watch it?

㉙ **frontier** [frən`tɪr]	名 新領域；邊界；過境
conduct [kən`dʌkt]	動 經營；指引；指揮 [`kɑndʌkt] 名 行為；操行；引導；管理
㉚ **air** [ɛr]	動 上映；公開表示；廣播；吹乾 名 空氣；廣播；態度；微風
㉛ **televise** [`tɛlə,vaɪz]	動 由電視播送；放映 → 名 television 電視
㉜ **tape** [tep]	動 錄（音）；以帶繫捆 名 錄音帶；錄影帶

29. 網路是從事國際貿易的新領域。
30. 電視迷你影集《亡命天涯》將在今年秋季上映。
31. 我們會在 14 頻道播放這季的最後一場比賽。
32. 因為我沒辦法收看，你可不可以幫我把演唱會錄下來？

33 Ms. Scudder thought her working hours had been **recorded** incorrectly.

34 The hot-line operators **logged** more than 60 calls yesterday.

35 Mr. Barry's book **chronicles** the dramatic rise of PBS News under the leadership of John Hemmert.

36 Local **celebrities** visit the resort spa on a regular basis.

33 record [rɪˋkɔrd]	動 記錄；錄音 [ˋrɛkəd] 名 紀錄；成績；履歷 形 記錄的
34 log [lɔg]	動 記載（事實經過）
35 chronicle [ˋkrɑnɪkl̩]	名 任何進度的紀錄 動 記事；年代記載　名 年代紀；記述
36 celebrity [sɪˋlɛbrətɪ]	名 名人；名聲 → 動 celebrate 慶祝 　　名 celebration 祝賀；慶典

33. 史卡德女士認為她的上班時數紀錄錯誤。

34. 昨天熱線總機記錄了 60 通以上的電話。

35. 貝瑞先生的書記載了 PBS 新聞台在約翰・海莫特的領導下，戲劇性興起的過程。

36. 地方名流定期拜訪該名勝溫泉。

37 He **hit** the toner case sharply three times and the ink began to flow.

38 The defendant pleaded guilty to **beating** her children brutally.

39 We **communicate** mostly by email and rarely by letter.

40 Mr. Jacobs **phoned** the company himself and requested a limousine to pick him up.

37 hit [hɪt]	動 毆打；打擊；碰撞 名 打擊；安打；成功
38 beat [bit]	動 擊打；勝過；攪拌 名 節拍；敲打；巡邏路線
39 communicate [kəˋmjunə͵ket]	動 溝通；傳遞；感染 → 名 communication 通訊；傳達 形 communicative 傳達的
40 phone [fon]	動 打電話　名 電話；受話器

37. 他用力打了墨水匣三次，墨水才開始流出來。

38. 被告承認自己暴力毆打小孩的罪行。

39. 我們大部分用電子郵件聯繫，很少用信件。

40. 傑科普先生自己打電話到公司，要求大型豪華轎車來接他。

23 ④① US・AU ④② CA・UK ④③ US・AU ④④ CA・UK

④① In case of an emergency, **dial** 911.

④② He tripped over the **cable** that hooked his computer up to the telephone.

④③ He **wired** his daughter $7,000 in several bank transfers.

④④ Our **conversation** was brief and lasted only a few minutes.

④① **dial** [ˋdaɪəl]	動 撥電話號碼　名（電話的）撥號盤
④② **cable** [ˋkebl̩]	名 電纜；電線　動 電報發送
④③ **wire** [waɪr]	動 匯款；配線；裝設電線；打電報 名 金屬線；電報；鐵絲網
④④ **conversation** [͵kɑnvɚˋseʃən]	名 對談；會話 → 動 converse 會話 　　形 conversational 對話的

41. 萬一有緊急事故，請打 911 。

42. 他勾到電腦連接電話的電線而絆倒。

43. 他以數次銀行轉帳電匯給他女兒七千元美金。

44. 我們的對話簡短，只持續幾分鐘而已。

45 The **dialogue** between the two executives was short and **courteous**.

46 The picnic gave new members a chance to get **acquainted** with one another.

47 She left the country and has been out of **touch** with her friends ever since.

48 We are trying to create a **potent** painkiller that does not cause stomach problems.

45 dialogue [ˋdaɪəˌlɑg]	名 對話；會話；意見交換
courteous [ˋkɝtjəs]	形 有禮貌的；謙恭的；殷勤的 → 名 courteousness 禮貌
46 acquaint [əˋkwent]	動 使熟悉；告知；了解 → 名 acquaintance 相識；熟人；熟悉
47 touch [tʌtʃ]	名 接觸；觸覺　動 觸摸；接觸
48 potent [ˋpotn̩t]	形 （藥）有效的；具有權威的 → 名 potency 力量；權勢；效力

45. 兩位主管間的對話簡短而有禮。
46. 這場野餐提供新成員認識彼此的機會。
47. 她離開該國家後，從此和她的朋友失去聯繫。
48. 我們正努力製造有效，而且不會引起胃痛的止痛藥。

❶ Could you please **sign** these copies of the contract?

❷ She **autographed** the book and presented it to me.

❸ My boss's **handwriting** is very difficult to read.

❹ He kept asking me how to **spell** certain words when the dictionary was right next to him.

❶ **sign** [saɪn]	動 簽字於；簽署 名 記號；標誌；手勢；象徵 → 名 signature 簽名
❷ **autograph** [ˋɔtə͵græf]	動 親筆簽名於　名 親筆簽名 → 形 autographic 親筆簽名的
❸ **handwriting** [ˋhænd͵raɪtɪŋ]	名 筆跡；字跡
❹ **spell** [spɛl]	動 拼寫；理解

1. 可否請你在這幾份契約副本上簽字？
2. 她在這本書親筆簽了名，並送給我。
3. 我老闆的筆跡非常難讀懂。
4. 他旁邊就有字典，卻不停問我如何**拼寫**某些字。

5 I need you to **type** these letters and get them in the mail today, please.

6 After four hours of **negotiations** everyone was **tired**.

7 If he asks us to cooperate on the project, we will **certainly** accept the offer.

8 We **definitely** need to expand our skin care products into the teen market.

5 type [taɪp]	動 打字；分類　名 類型；樣式；典型
6 negotiation [no͵goʃɪˋeʃən]	名 談判；協議 → 動 negotiate 交涉；談判
tired [taɪrd]	形 感到疲倦的 → 動 tire 使勞累；厭倦 　 形 tiresome 使人疲勞的；煩人的
7 certainly [ˋsɝtənlɪ]	副 一定；無疑地 → 名 certainty 確實；必然 　 形 certain 確信的；某些
8 definitely [ˋdɛfənɪtlɪ]	副 必然地；明確地 → 動 define 下定義　名 definition 定義 　 形 definite 肯定的；確切的

5. 我需要你打這些信件，並請在今天寄出去。

6. 經過四小時的談判，每個人都感到累了。

7. 如果他邀請我們合作這計畫，我們一定會接受提議。

8. 我們絕對需要把護膚產品擴展到青少年市場。

27

⑨ We find ourselves **infinitely** obligated to Mr. Stern because he loaned us the money to start the business.

⑩ There is no **absolute** answer to the employee-parking problem.

⑪ It was a **major** effort to coordinate the international convention.

⑫ The **main** reason we went to the convention was to hear Dr. Helen Picco speak.

⑨ **infinitely** [ˈɪnfənɪtlɪ]	副 極大地；無限地 → 名 infinitude 無限的範圍 　　形 infinite 無窮的；無數的
⑩ **absolute** [ˈæbsə,lut]	形 確定的；完全的；絕對的 名 絕對事物
⑪ **major** [ˈmedʒɚ]	形 主要的；大多數的；重要的　名 主修科目； 主修學生；成年人　動 專攻；主修 → 名 majority 大多數 　　反 形 minor 少數的；不重要的
⑫ **main** [men]	形 主要的 名（水、電、瓦斯的）管道；幹線

9. 我們對史登先生身負重任，因為他借錢給我們創業做生意。

10. 對於員工停車問題，還沒有確定的答案。

11. 協調國際慣例是件重大的成就。

12. 我們參加會議主要是想聆聽海倫‧皮柯博士演講。

Week
1st

⑬ **Chances** are we'll be asked to provide escorts for the visiting professors.

⑭ They feel they have a **possibility** of making some money.

⑮ The management is **bound** to increase its pressure on the union to compromise.

⑯ We will **probably** expand our business into Latin America next year.

DAY
3rd

⑬ **chance** [tʃæns]	名 可能性；機會；運氣 → 形 chancy 冒險的；偶發的
⑭ **possibility** [ˌpɑsəˈbɪlətɪ]	名 可能性；機率 → 形 possible 可能的；合理的 反 名 impossibility 不可能的事
⑮ **bound** [baʊnd]	形 必然的；有義務的；受束縛的
⑯ **probably** [ˈprɑbəblɪ]	副 大概；很有可能地 → 名 probability 或然率；可能性 形 probable 可能的

13. 我們將可能被要求提供來訪教授的接待。

14. 他們認為可能有一個賺錢的機會。

15. 管理部門必然會對工會施壓以求妥協。

16. 我們明年很可能擴張對拉丁美洲的業務。

⑰ **Perhaps** it would be easier to just start over.

⑱ I suppose the chances are **even**.

⑲ We hope to **win** your long-term confidence with this complimentary package.

⑳ The Montreal Blue Birds had a **victory** today over Pittsburgh, ending a three-game losing streak.

⑰ **perhaps** [pəˋhæps]	副 也許；大概
⑱ **even** [ˋivən]	形 相等的；一致的；平坦的
⑲ **win** [wɪn]	動 贏得；勝利　名 成功；勝利 → 反 動 lose 輸掉
⑳ **victory** [ˋvɪktərɪ]	名 戰勝；克服 → 反 名 defeat 挫敗

17. 也許從頭來會比較容易些。

18. 我想這些機率相等。

19. 我們希望這份贈送的套裝服務，能贏得您長期的信賴。

20. 蒙特利爾藍鳥隊今天戰勝匹茲堡隊，結束連輸三場比賽的局面。

21 Every year in June the **championship** baseball game is played at Arthur Stadium.

22 The accounting **position** will not be open until July 15.

23 He took a **stance** against company layoffs.

24 I couldn't stop **laughing** at his silly mistake.

21 championship [`tʃæmpɪən͵ʃɪp]	名 優勝；冠軍的地位 → 動 champion 擁護；為……而戰 名 冠軍者；優勝者
22 position [pə`zɪʃən]	名 職位；位置；地位 動 放……在適當位置 → 形 positional 地位的；由位置決定的
23 stance [stæns]	名 立場；態度；姿勢
24 laugh [læf]	動 笑；嘲笑　名 笑；笑聲 → 名 laughter 笑；大笑

21. 每年六月舉行的棒球冠軍賽，在亞瑟體育館開打。
22. 會計職位要到 7 月 15 日才出缺。
23. 他對公司裁員採取反對立場。
24. 我忍不住取笑他的愚蠢錯誤。

25 I had the cooling **unit** replaced.

26 Each employee should bring an earthquake **kit** to place in the shelter.

27 The electronic **module** controls most of the engine functions.

28 What musical **instrument** do you play?

25 **unit** [ˋjunɪt]	名 裝置；單位；組件；組
26 **kit** [kɪt]	名 用具；工具箱；成套物件
27 **module** [ˋmɑdʒul]	名 模組；規格構造
28 **instrument** [ˋɪnstrəmənt]	名 樂器；器具；儀器；手段 → 形 instrumental（使用）器械的； 　可作為手段的；樂器的

25. 我已更換冷卻裝置。

26. 每位員工應帶地震用具箱以安置在避難所。

27. 電子模組控制大部分的發動機運作。

28. 你會演奏哪一種樂器？

29 Simply sign the form and return it in five days to receive your free gift.

30 The overall performance index is merely one indicator of success.

31 The two medications are essentially the same, except one is a name brand and the other is generic.

32 The evidence against him is quite substantial.

29 simply [ˈsɪmplɪ]	副 只要；簡單地；簡直 → 名 simplicity 簡單；易懂的事物 　　形 simple 簡明的；樸素的
30 merely [ˈmɪrlɪ]	副 只不過是 → 形 mere 僅僅的
31 essentially [ɪˈsɛnʃəlɪ]	副 本質上；本來 → 名 essence 本質；精髓 　　形 essential 本質的；必要的
32 substantial [səbˈstænʃəl]	形 具體的；真實的 → 動 substantiate 使具體化 　　名 substantiation 具體化 　　名 substance 實質

29. 你只要填完表格並於五日內交回，就可得到免費贈品。

30. 這總括性的表現指數，只不過是成功的一項指標。

31. 這兩種藥物本質上是相同的，但其中一個擁有品牌，另一個則是非專利藥。

32. 不利於他的證據是相當具體的。

33 The negotiation came to a **virtual** standstill.

34 You can **throw** all of this paper into the recycle bin.

35 The mayor was asked to **pitch** the first ball in the new stadium.

36 It is only **natural** for her to expect a promotion after all that hard work.

33 virtual [ˈvɝtʃʊəl]	形 實質上；實際上
34 throw [θro]	動 投；擲；扔棄；發射
35 pitch [pɪtʃ]	動 紮（營）；投（球）；定位
36 natural [ˈnætʃərəl]	形 當然的；天然的 → 名 naturalness 自然狀態 　　名 nature 天然界

33. 談判陷入**完全**的僵局。

34. 你可將這裡所有的紙張**扔進**回收桶。

35. 市長受邀在新球場**投出**第一球。

36. 因為辛勤工作，升遷對她而言只是**水到渠成**。

37 We cannot drive down the street because a huge truck is **blocking** it.

38 The relay race is being staged as part of the charity fundraising **campaign**.

39 He is reporting live from the **scene** of the accident.

40 He picked a nice **spot** for the company picnic.

37 block [blɑk]	動阻擋;封鎖　名障礙物;街區;塊
38 campaign [kæm`pen]	名運動;戰役;選戰　動出征;競選
39 scene [sin]	名現場;布景;景色 → 名 scenery 風景　形 scenic 風景的
40 spot [spɑt]	名地點;斑點;聚光燈　形立即的;現付的 動沾上污點;做記號

37. 因為一輛大卡車擋住,我們無法開車進這條街。

38. 舉行接力賽跑為慈善募款活動的一部分。

39. 他在事故現場進行實況報導。

40. 他為公司野餐選了一處好地點。

㊶ Did the manager show any **concern** that your car broke down?

㊷ Our company was asked to **design** the logo for the new clothing line.

㊸ He was still **asleep** when the alarm went off.

㊹ The heavy lunch made us all feel **drowsy**.

㊶ **concern** [kən`sɝn]	图 關切；關心的事　動 擔心；涉及 → 前 concerning 關於
㊷ **design** [dɪ`zaɪn]	動 設計；構思　图 設計圖；計畫
㊸ **asleep** [ə`slip]	形 睡著的；不活潑的 → 動 sleep 睡覺　图 睡眠 　　形 sleepy 想睡的
㊹ **drowsy** [`drauzɪ]	形 昏昏欲睡的；懶散的 → 動 drowse 打瞌睡

41. 經理對你的車損壞有表示任何關切嗎？

42. 我們公司被要求為新服飾設計商標。

43. 鬧鐘響時，他仍在睡眠中。

44. 過量的午餐使我們昏昏欲睡。

Week
1st

⑤ **Heat** oven to 350°F.

⑥ **Subscribers** were enraged at the new time **limit** for online use.

⑦ He went outside to know which way the wind was **blowing**.

⑧ The **key** player in this negotiation will be the chair, Janice Davis.

DAY
3rd

⑤ **heat** [hit]	動 加熱;發怒　名 熱氣;暑氣 → 形 hot 炎熱的
⑥ **subscriber** [səbˋskraɪbə]	名 訂閱者;認購者;用戶 → 動 subscribe 訂購;認捐 　　名 subscription 訂閱;贊成
limit [ˋlɪmɪt]	名 限制;界線　動 限定 → 名 limitation 侷限;極限
⑦ **blow** [blo]	動 吹動;颳走　名 吹氣;暴風
⑧ **key** [ki]	形 重要的;基本的 名 鍵;鑰匙;解答;關鍵

45. 加熱烤箱至華氏 350 度。

46. 用戶對新的上網使用時限感到憤怒。

47. 他走出去探知風的吹向。

48. 這回談判要角將是珍妮絲・戴維斯主席。

❶ The hotel manager asked the guests for **feedback** on how to improve the hotel's services.

❷ Her **reaction** to the new advertisement was very positive.

❸ His **response** to the accusation was complete denial.

❹ No one is willing to take **responsibility** for the mistake.

---

❶ **feedback** [ˈfid͵bæk]	图 意見;反應;回饋
❷ **reaction** [rɪˈækʃən]	图 反應;反作用 → 動 react 反應;起作用 形 reactionary 反動派的
❸ **response** [rɪˈspɑns]	图 答覆;回應 → 動 respond 回答;響應 图 respondent 反應者 形 應答的
❹ **responsibility** [rɪ͵spɑnsəˈbɪlətɪ]	图 責任;負擔 → 形 responsible 有責任感的;應負責的

---

1. 飯店經理詢問顧客如何增進飯店服務的**意見**。
2. 她對新廣告的**反應**頗佳。
3. 他對指控的**回應**是全然否認。
4. 沒有人願為這錯誤**負責**。

❺ We owe much of our annual income to **tourism**.

❻ A **sightseeing** tour of the city is scheduled for tomorrow morning.

❼ The **trip** will include a one-day tour of our Maquiladora Plant in Tijuana.

❽ The **customs** official asked us if we were carrying any food or plants.

❺ tourism [`turɪzəm]	名 觀光；觀光事業 → 動 tour 旅行　名 巡迴 　名 tourist 遊客
❻ sightseeing [`saɪt͵siɪŋ]	名 觀光；賞風景
❼ trip [trɪp]	名 旅行；跌倒　動 絆倒；旅行
❽ customs [`kʌstəmz]	名 入出境海關；關稅 → 名 custom 海關；習俗；慣例 　形 customary 習慣的

5. 我們的年度收入主要歸功於旅遊事業。

6. 參觀本市被列入明早行程。

7. 這趟旅程將包括在提華納的馬基多拉工廠一日遊。

8. 海關人員問我們是否攜帶任何食物或農產品。

9 The **immigration** officer stamped our passports and sent us through the gate.

10 He reported that his **wallet** had been stolen.

11 She carried the contract in her **purse** to the luncheon.

12 In every country she visited she bought a ball cap as a **souvenir**.

9 immigration [ˌɪməˋgreʃən]	图 移民；入境審查 → 動 immigrate 移居；遷入 图 immigrant 外來移民；僑民
10 wallet [ˋwɑlɪt]	图 皮夾；錢包
11 purse [pɝs]	图 女用皮包；手提包
12 souvenir [ˋsuvəˌnɪr]	图 紀念品

9. 移民局官員在我們的護照上蓋章並送我們通關。

10. 他報案他的皮夾被偷。

11. 她帶著裝有契約的手提包前往午餐會。

12. 在她所參觀的每一個國家，她都買頂球帽作為紀念品。

⓭ Will you **hang** our guests' coats in the closet?

⓮ She **practices** playing her piano every day.

⓯ When the stock went public, one **million** shares were sold in 10 minutes.

⓰ About three **billion** email messages are sent each day in the United States.

⓭ hang [hæŋ]	動懸掛；把…吊起來
⓮ practice [`præktɪs]	動練習；實踐；開業 名練習；慣例；實踐
⓯ million [`mɪljən]	名一百萬 → 名 millionaire 百萬富翁
⓰ billion [`bɪljən]	名十億 → 名 billionaire 億萬富翁

13. 可否請你把我們客人的外套掛在衣櫥間？

14. 她每天練習彈鋼琴。

15. 股票一上市時，一百萬股在十分鐘內售完。

16. 在美國每日約有三十億封電子郵件送出。

⓱ The budget deficit is now counted in **trillions**.

⓲ A **multitude** of people showed up for free hot dogs before the ball game started.

⓳ **Multiple** offers had been made on the property but the owner decided not to sell.

⓴ Two thousand protesters **massed** outside the government office.

⓱ **trillion** [ˈtrɪljən]	名 一兆
⓲ **multitude** [ˈmʌltəˌtjud]	名 一大群；許多 → 形 multitudinous 無數的；種類繁多的
⓳ **multiple** [ˈmʌltəpl̩]	形 多人參加的；多樣的；複合的 → 動 multiply 相乘；增加；繁殖
⓴ **mass** [mæs]	動 聚集　名 團；群；大眾；大量 形 大量的；民眾的 → 形 massive 結實的；大規模的

17. 預算赤字如今已累積上兆。
18. 在球賽開始前，有一群人為了免費的熱狗而來。
19. 欲購買地產的出價相當多，但是地主決定不賣。
20. 兩千名抗議者聚集在政府辦公室外。

21 **Countless** hours were spent in preparation for the ceremony.

22 Ms. Elliott always makes a **sizable** contribution to the children's hospital.

23 We still have **plenty** of work to do.

24 Because of the high **volume** of calls you can expect a hold time of 10 minutes.

21 countless [ˋkaʊntlɪs]	形 無數的；數不盡的
22 sizable [ˋsaɪzəbl̩]	形 相當大的；尺寸合適的 ➝ 名 size 尺寸；大小
23 plenty [ˋplɛntɪ]	名 大量；充足 ➝ 形 plentiful 富裕的；大量的
24 volume [ˋvɑljəm]	名 量；音量；體積 ➝ 形 voluminous 大量的；長篇的； 多著作的

21. 為了準備典禮，已花費**無數**的時間。
22. 艾略特女士總捐出**大筆**善款給兒童醫院。
23. 我們還有**許多**工作要做。
24. 由於大量來電，您的等候時間為十分鐘。

25 Please **fill** the water in the teapot to the top line.

26 Reports of the plane crash **saturated** the news media.

27 I am **swamped** with work because of all of these computer problems.

28 The hotel lobby was **crowded** with members of the rock group's fan club.

25 **fill** [fɪl]	動 填滿；注入
26 **saturate** [ˋsætʃə͵ret]	動 浸透；使飽和 → 名 saturation 浸透；飽和狀態
27 **swamp** [swɑmp]	動 陷入困境；窮於應付；下沉 名 沼澤；困境
28 **crowded** [ˋkraʊdɪd]	形 擁擠的 → 動 crowd 擠滿　名 群眾

25. 請將茶壺的水加滿。

26. 有關飛機失事的報導充斥新聞媒體。

27. 由於這些電腦問題，我被工作淹沒了。

28. 這搖滾樂團的樂迷們擠滿了飯店大廳。

㉙ She checked the folder but it was **empty**.

㉚ Please **vacuum** the interior carpet and wax the car.

㉛ Mr. Anthony was very **defensive** when we questioned his whereabouts the night of the robbery.

㉜ We found his racial jokes rude and **offensive**.

㉙ **empty** [ˈɛmptɪ]	形 空的；無人佔用的 動 倒空；使成為空的 → 名 emptiness 空虛；空曠
㉚ **vacuum** [ˈvækjʊəm]	動 用真空吸塵器清掃 名 真空；（心靈的）空虛　形 真空的
㉛ **defensive** [dɪˈfɛnsɪv]	形 防禦的；守備的；保衛的　名 守勢；防禦物 → 動 defend 防禦；保護 　名 defense 防護；防禦措施
㉜ **offensive** [əˈfɛnsɪv]	形 冒犯的；唐突的；進攻的　名 攻勢 → 動 offend 冒犯；觸怒 　名 offense 犯法；攻擊

29. 她檢查文件夾，但發現它是空的。

30. 請用真空吸塵器清理車內地毯，並為車子打蠟。

31. 安東尼先生在我們詢問他搶劫案當晚的行蹤時，防衛心很重。

32. 我們覺得他說的種族笑話既粗魯又冒犯人。

33 It is hard to believe that such a minor disagreement could turn into such a major **controversy**.

34 He considers himself a **native** of California.

35 His computer skill **level** is far below what is required for the job.

36 I would like to **express** my sincere apology for the slow performance.

33 controversy [ˋkɑntrəˏvɝsɪ]	图 爭論；議論 → 形 controversial 爭論的；有爭議的
34 native [ˋnetɪv]	图 土著；本地人　形 天生的；本地的 → 图 nativity 出生；出生情況
35 level [ˋlɛvl̩]	图 水準；水平線；級別　動 夷平、使劃一 形 水平的；同程度的
36 express [ɪkˋsprɛs]	動 表達；快遞；擠壓　形 快捷的 图 快車；快遞（公司） → 图 expression 表達；表情；措詞 　形 expressive 表達的；表情豐富的

33. 很難相信這麼小的歧見，竟會轉變成如此大的**爭議**。

34. 他認為自己是**在地的**加州人。

35. 他的電腦技能**水平**遠不及該工作的要求。

36. 我要為不佳的工作表現，**表達**我最深的歉意。

37 Security guards were posted both inside and outside the diamond exhibit hall.

38 Let's **guard** against groundless accusations.

39 We were outraged when **gas** prices soared to $1.97 per gallon.

40 The firefighter **climbed** the ladder to the second floor and rescued the child.

37 security [sɪˋkjʊrətɪ]	名 安全；防禦措施；擔保品 → 動 secure 保衛；（向債權人）提供擔保 形 安全的；有把握的
38 guard [gɑrd]	動 警惕；防衛；監視 名 警衛；哨兵；防衛物
39 gas [gæs]	名 瓦斯；汽油；氣體 → 形 gaseous 氣體狀態的
40 climb [klaɪm]	動 爬升；攀登；（政經地位）升高 名 攀爬；山坡

37. 安全警衛布滿在鑽石展覽廳內外。

38. 我們要提防缺乏根據的指控。

39. 當汽油價格暴漲至每加侖 1.97 美元時，我們氣壞了。

40. 消防隊員爬梯子上二樓救出了小孩。

41 The executive and his wife were married in a **castle** in Europe.

42 **Nowadays** it is quite common to see technology savvy youths leave college for high paying corporate jobs.

43 His most **recent** book is about controlling anger.

44 **Lately** there have been no job openings at Qualcom.

41 castle [ˋkæsl̩]	名 城堡;巨宅
42 nowadays [ˋnaʊəˏdez]	副 當今;時下
43 recent [ˋrisn̩t]	形 最近的;近代的
44 lately [ˋletlɪ]	副 最近;不久前 → 形 late 遲來的;晚期的;已故的;剛到的

41. 這位高級官員與他的妻子在歐洲的一座城堡結婚。

42. 時下常見擅長科技的年輕學生為高薪工作而輟學。

43. 他最新出的一本書是有關控制憤怒。

44. 國康公司最近沒有職缺。

45 She went to the library to borrow the **latest** best sellers.

46 Thank you for your letter of inquiry **dated** February 10, 2015.

47 It was well past **midnight** and he was still up working.

48 **Twilight** shows between 4:00 and 5:00 p.m. are **cheaper** than the evening shows.

45 latest ['letɪst]	形 最新的
46 date [det]	動 標上日期；約會 名 日期；年代；約會的對象；約會
47 midnight ['mɪd͵naɪt]	名 午夜；黑暗期　形 半夜的；黑暗的 副 正值午夜
48 twilight ['twaɪ͵laɪt]	名 黎明；薄暮；朦朧狀態；衰退期；晚年
cheap [tʃip]	形 價廉的；便宜的；劣質的 → 動 cheapen 降價；跌價

45. 她到圖書館借閱最新的暢銷書。
46. 謝謝你於 2015 年 2 月 10 日來信詢問。
47. 早已過了午夜，他仍在工作。
48. 傍晚四到五點的演出票價比晚上的場次還便宜。

❶ I can **dress** in five minutes and then we can go.

❷ We specialize in women's **apparel**.

❸ He picked a clown **costume** to wear to the party.

❹ The shops on the street sell mostly **clothing**.

❶ **dress** [drɛs]	動 穿衣；打扮；為食物淋上醬汁；整隊 名 服裝；連衣裙 → 形 dressy 衣著講究的；時髦的
❷ **apparel** [ə`pærəl]	名 衣著；外觀 動 給……穿上衣服
❸ **costume** [`kɑstjum]	名 服裝；戲服；（女子的）套裝
❹ **clothing** [`kloðɪŋ]	名 （總稱）衣物；覆蓋物

1. 我可以在五分鐘內著裝完畢，然後我們就能出發了。

2. 我們精於女性服飾。

3. 他挑選了一件小丑裝以參加派對。

4. 這條街上的商店大部分賣衣服。

⑤ Clean it periodically with a damp **cloth**.

⑥ Some people still want to wear **fur** coats and diamond watches.

⑦ His long hair covers his jacket **collar**.

⑧ He accidentally got his **sleeve** in the soy sauce.

⑤ cloth [klɔθ]	图 布料；織物 ➡ 图 clothes 衣服
⑥ fur [fɜ]	图 毛皮；軟毛　【複數】毛皮製品
⑦ collar [ˋkɑlɚ]	图 衣領；項圈 動 給（衣服）加領子；抓住……領口
⑧ sleeve [sliv]	图 袖子

5. 定期用濕抹布清理它。

6. 有些人仍想穿毛皮外套並戴上鑽錶。

7. 他的長髮蓋過他的夾克領子。

8. 他不小心讓衣袖沾到醬油。

9 Everyone was expected to show up in **uniform** and ready to work.

10 He decided to buy the shirt with red and blue **stripes**.

11 The clown is dressed in a **plaid** shirt and striped pants.

12 She asked the seamstress to take the hem out and **lengthen** the pants two inches.

9 **uniform** [ˋjunəͺfɔrm]	图 制服；軍服 形 相同的；不變的；均勻的
10 **stripe** [straɪp]	图 條；帶 動 剝奪；拆解；把……切成細條
11 **plaid** [plæd]	形 有格子圖案的 图 彩格布；（蘇格蘭高地人穿的）彩格披肩
12 **lengthen** [ˋlɛŋθən]	動 加長；使延長 → 图 length 長度；期間；全程 形 lengthy 冗長的 形 long 長的

9. 每個人應穿上制服，準備好上班。

10. 他決定買有紅、藍條紋的襯衫。

11. 小丑穿著格子襯衫和條紋褲。

12. 她要求女裁縫師去掉摺邊，並把褲長加長兩吋。

⑬ Filing your request electronically **shortens** the amount of time it takes to receive your refund.

⑭ Mercury attempted to **widen** its international influence by hiring bilingual representatives.

⑮ Could you send us some **information** on your cellular phone service?

⑯ Please submit the raw **data** along with its statistical analysis.

⑬ **shorten** [ˈʃɔrtn̩]	動 縮短；使變少 → 名 shortage 不足額；匱乏 　 形 short 短的；矮的；不足的
⑭ **widen** [ˈwaɪdn̩]	動 放寬；加大 → 形 wide 寬闊的；寬鬆的；廣泛的
⑮ **information** [ˌɪnfəˈmeʃən]	名 資訊；消息；報導 → 動 inform 通知；報告；密告 　 形 informative 情報的；見識廣的；知性的
⑯ **data** [ˈdetə]	名 資料

13. 用電子的方式提出您的要求，能大幅縮短你收到退款的時間。
14. 莫克瑞公司嘗試雇用雙語業務代表，來拓展它的國際影響力。
15. 能請您寄給我們一些有關您手機服務的資料嗎？
16. 請把原始數據資料連同統計分析一起呈交。

⑰ Many graduates are finding employment in the **high-tech** industry.

⑱ All **electronic** equipment should be unplugged prior to the power outage.

⑲ Almost all the states get part of their **electricity** from nuclear power plants.

⑳ **Technological** advancements in information and transportation systems have caused the world to shrink.

⑰ **high-tech** [haɪ-tɛk]	形 高科技的；尖端技術的
⑱ **electronic** [ˌɪlɛkˋtrɑnɪk]	形 電子的；電子操縱的　名 電子機器 → 名 electronics 電子學 　　名 electron（物理）電子
⑲ **electricity** [ˌɪlɛkˋtrɪsətɪ]	名 電流；電力；興奮 → 形 electric 用電的；導電的；極為強烈的
⑳ **technological** [tɛknəˋlɑdʒɪkḷ]	形 因技術原因造成的 → 名 technology 技術；工藝

17. 許多畢業生在高科技業找工作。
18. 所有電子設備應在電力中斷前拔掉插頭。
19. 幾乎各州的部分電力都來自核能發電廠。
20. 資訊與交通系統的技術進步，使得世界縮小了。

21 You can contact **technical** support via the phone or email them on the company website.

22 Just **click** on the icon on the screen and see what happens.

23 You can **boot** up this graphics software with just one click.

24 She located the information in the database, **copied** it, and gave it to Mr. Rossmann.

21 technical [ˋtɛknɪkl̩]	形 技術性的；專門的；工藝的 → 名 technique 技巧；手段
22 click [klɪk]	動 使發出喀嚓聲；進行順利 名 喀嚓聲
23 boot [but]	動 啟動；開機；猛踢
24 copy [ˋkɑpɪ]	動 複製；抄寫；模仿 名 抄本；副本；拷貝

21. 您可經由電話或寄電子郵件至該公司網站，尋求技術支援。
22. 點一下螢幕上的圖像，看看有什麼變化。
23. 你只要點一下（滑鼠），就能啟動這個圖像軟體。
24. 她從資料庫找到資訊，複製後交給羅斯門先生。

25 The program is **broadcast** via **satellite**.

26 Can you bring your **portable** hard drive to the office on Monday?

27 The network upgrades will **automate** many customer-service tasks.

28 This **flowchart** shows how the water is filtered through the system.

25 **broadcast** [ˋbrɔd͵kæst]	動 播放；廣播；傳送 名 廣播；廣播節目；散布
satellite [ˋsætḷ͵aɪt]	名 衛星；追隨者；附屬者 動 由衛星傳送
26 **portable** [ˋportəbḷ]	形 可攜式；可移動的；輕便的 名 可攜式物品 → 名 portability 可攜帶；輕便
27 **automate** [ˋɔtə͵met]	動 使自動化 → 名 automation 自動化 　　形 automatic 自動化的；習慣的
28 **flowchart** [ˋflo͵tʃɑrt]	名 流程圖；作業圖

25. 這節目是透過衛星播放。

26. 可否請你在星期一帶你的隨身硬碟聽來辦公室？

27. 網路的升級將使許多客戶服務工作自動化。

28. 這流程圖顯示水經由該系統過濾的過程。

㉙ We could tell from the **spreadsheet** that profits were declining.

㉚ The four-**digit** number on the back of the form represents a security code.

㉛ Foreign manufacturers **captured** more than 25 percent of Tokyo's computer **chips** market.

㉜ Ms. Johnson wants the **printout** ready one hour before the meeting.

㉙ **spreadsheet** [ˋsprɛdˌʃit]	名（電腦）計算表格；試算表
㉚ **digit** [ˋdɪdʒɪt]	名 數字 → 形 digital 數位的
㉛ **capture** [ˋkæptʃɚ]	動 佔領；奪得；捕獲　名 戰利品；獲得 → 名 captive 俘虜；獵物
chip [tʃɪp]	名 晶片；積體電路片；片狀物
㉜ **printout** [ˋprɪntˌaʊt]	名（電腦）資料的印出

29. 我們可從試算表看出獲利正在減少中。

30. 表格背後的四位數代表安全密碼。

31. 國外廠商在東京電腦晶片市場有 25% 以上的占有率。

32. 強森先生要求影印資料在會議前一小時列印準備好。

33 The third **version** is more user-friendly.

34 I've just **upgraded** the computer system.

35 Many people agree that there is too much **graphic** violence on TV.

36 Please take a look at this sales **chart**.

33 version [ˈvɝʒən]	名 版本；譯本；說法
34 upgrade [ˈʌpˈɡred]	動 升級；改良；提高（價格） 名 上坡；升級
35 graphic [ˈɡræfɪk]	形 圖解的；繪畫的；圖像的 → 動 名 graph 以圖表示　名 圖表
36 chart [tʃɑrt]	名 圖表 → 名 table 表格

33. 第三版對使用者更為便利。

34. 我剛更新了電腦系統。

35. 許多人都認為，電視上的影像暴力太多了。

36. 請看一下這份銷售表。

37 She used **visual** aids to enhance her presentation.

38 The Japanese company launched a division to market computer **hardware** and software in the United States.

39 I was able to load the new **software** onto the computer just before we really needed it.

40 Expensive **glassware** adorns the table along with the fine china and silverware.

37 visual [ˋvɪʒuəl]	形 視覺的;看得見的;光學上的
38 hardware [ˋhɑrd͵wɛr]	名 硬體;硬體設施
39 software [ˋsɔft͵wɛr]	名 軟體;電腦程式
40 glassware [ˋglæs͵wɛr]	名 玻璃器皿

37. 她運用視覺輔具使她的報告更具吸引力。
38. 這家日本公司設立一個部門,以銷售電腦軟、硬體到美國。
39. 剛好在我們需要用這新軟體之前,我成功地把它灌入了電腦。
40. 昂貴的玻璃製品,連同精緻的瓷器與銀器,使桌子生色許多。

41 The banquet table was set with fine **china** and elegant crystal.

42 **Roll** the seal in the ink and then stamp the paper.

43 He wanted to become a U.S. **citizen**.

44 The merger will create one of the **nation's** biggest cable TV operators.

41 china [ˈtʃaɪnə]	名 陶、瓷器　形 陶瓷器製的
42 roll [rol]	動 滾動、轉動、搖晃、運轉 名 打滾、捲狀物、名單
43 citizen [ˈsɪtəzn̩]	名 公民；市民 → 名 citizenship 公民權；市民權利
44 nation [ˈneʃən]	名 國家；民族 → 形 national 國民的；全國性的；愛國的

41. 喜宴桌擺有精緻瓷器與高雅的水晶飾品。

42. 把印章在濕油墨裡滾動一下，然後印在紙上。

43. 他想成為美國公民。

44. 該合併案將產生這國家最大的有線電視業者之一。

④⑤ We do not discriminate based on **race**, sex, or religion.

④⑥ The paperwork required to sublease the **property** is a **nightmare**.

④⑦ The **fact** is that 240,000 babies are born in the world every day.

④⑧ A **sound** business strategy is needed to secure the loan.

④⑤ **race** [res]	图 種族；民族；血統 → 形 racial 人種的；種族歧視的
④⑥ **property** [ˋprɑpətɪ]	图 資產；房地產；所有物
nightmare [ˋnaɪt͵mɛr]	图 惡夢；恐怖的事
④⑦ **fact** [fækt]	图 事實；實際 → 形 factual（根據）事實的 　形 factitious 人工的；不自然的
④⑧ **sound** [saund]	形 健全的；完好的；可靠的；合理的

45. 我們不因種族、性別或宗教而有所歧視。

46. 分租這片地產所必須做的文書工作，實在是場惡夢。

47. 事實就是，全世界每天有 24 萬個嬰兒出生。

48. 為確保能獲得貸款，一個健全的企業策略是必須的。

❶ The director was **completely** taken aback by the chairman's rudeness.

❷ It is **entirely** possible that Ms. McCray forgot to submit the application before the deadline.

❸ Our nonprofit organization is **totally** funded by private contributions.

❹ She didn't **fully** understand her assignment.

❶ **completely** [kəm`plitlɪ]	副 完全地；完整地 → 動 complete 完成　形 完整的
❷ **entirely** [ɪn`taɪrlɪ]	副 完全地；徹底地 → 名 entirety 全體；完全 形 entire 整體的；全部的
❸ **totally** [`totl̩ɪ]	副 全部地；整個地 → 動 total 合計　名 總數　形 總計的
❹ **fully** [`fulɪ]	副 徹底地；充分地 → 形 full 完全的；充滿的；吃飽的

1. 主席的粗魯態度令主任大為吃驚。
2. 馬凱瑞小姐很有可能忘記在截止日前遞交申請函。
3. 我們的非營利機構完全靠私人捐款資助。
4. 她不全然明瞭她的任務。

5 The camp counselor was held **largely** responsible for the accident.

6 The company has grown to $40 million in revenues, **mostly** in providing computer systems to local businesses.

7 **Generally** speaking, we don't allow tenants with pets.

8 Accounting is **partly** to blame for the payroll error.

5 largely [ˈlɑrdʒlɪ]	副 大部分地 → 動 enlarge 擴大 　　形 large 大的；廣泛的
6 mostly [ˈmostlɪ]	副 絕大部分地
7 generally [ˈdʒɛnərəlɪ]	副 大致上 → 名 generality 概括的表述 　　形 general 普遍的；公眾的
8 partly [ˈpɑrtlɪ]	副 部分地；在一定程度上 → 動 part 使分開；分手　名 部分

5. 營地顧問要為這次意外事故負起**大部分**責任。

6. 公司年收入增加到四千萬美元，**大部分**來自於提供地方企業電腦系統。

7. **大體**而言，我們不允許房客養寵物。

8. 這次的發薪錯誤，**部分**歸咎於會計。

⑨ We **deeply** regret any inconvenience this has caused you.

⑩ We **dearly** appreciate your consideration in this matter.

⑪ He came **highly** recommended from his last firm.

⑫ Divorces are never pleasant, **especially** when children are **involved**.

⑨ **deeply** [ˋdɪplɪ]	副 深深地；濃烈地 → 動 deepen 加深；使變濃　名 depth 深度 　形 deep 很深的；奧妙的
⑩ **dearly** [ˋdɪrlɪ]	副 充滿深情地；非常地 → 形 dear 親愛的；尊敬的
⑪ **highly** [ˋhaɪlɪ]	副 高度（評價）地；非常 → 形 high 高的；高貴的；快速的
⑫ **especially** [əˋspɛʃəlɪ]	副 尤其；格外；專門
involve [ɪnˋvɑlv]	動 使捲入；連累；意味著 → 名 involvement 牽涉；連累

9. 造成您的不便，我們深感遺憾。

10. 我們深深感謝您對這件事的關心。

11. 他的前公司大力推薦他。

12. 離婚總是不愉快的，特別是在牽涉到孩子的情況下。

⑬ **Specifically**, we are requesting three conference rooms with Wi-Fi service.

⑭ Profits have **steadily** grown since we introduced the new product line last fall.

⑮ It is obvious that the organization is **badly** managed and overstaffed.

⑯ We were **indeed** shocked when we received the telephone bill for $2,000.

⑬ **specifically** [spɪˋsɪfɪkḷɪ]	副 明確地；具體地 → 動 specify 指定；詳細指明 名 specification 載明；（產品的）詳細說明書　形 specific 特定的；明確的
⑭ **steadily** [ˋstɛdəlɪ]	副 穩定地 → 形 steady 平穩的；紮實的；鎮靜的
⑮ **badly** [ˋbædlɪ]	副 拙劣地；邪惡地 → 形 bad 惡劣的；不健全的；有害的
⑯ **indeed** [ɪnˋdid]	副 真正地；實在

13. 我們明確地要求三間設有無線網路的會議室。
14. 自從我們於去年秋季引進新的生產線，獲利已成穩定成長。
15. 很明顯地，這機構管理不善而且人員過度飽和。
16. 當我們收到高達兩千美元的電話帳單時，真的被嚇到了。

⑰ **Nearly** everyone signed up for the class.

⑱ The visitors took the one-hour tour of the plant and then dined at a fine restaurant **nearby**.

⑲ At this **stage** it is hard to tell if we can renew the contract or not.

⑳ A **normal** workday consists of three rotating eight-hour shifts.

---

⑰ **nearly** [ˋnɪrlɪ]	副 接近地；幾乎 → 形 near 接近的 　　副 差不多；在……附近
⑱ **nearby** [ˋnɪr͵baɪ]	副 在附近　形 附近的
⑲ **stage** [stedʒ]	名 舞台；階段 動 把……搬上舞台；籌畫；發
⑳ **normal** [ˋnɔrml̩]	形 正常的；標準的 → 動 normalize 使正常化；使常態化 　　名 normality 常態 　　反 形 abnormal 反常的

---

17. 幾乎每個人都報名上該堂課。

18. 遊客們在該工廠參觀一小時，然後在附近一家高級餐廳吃晚餐。

19. 在目前階段，很難看出我們是否能更新契約。

20. 標準工作日是由三個八小時輪流換班所組成。

㉑ This product doesn't meet our company's quality **standard**.

㉒ You can **count** on us to deliver your products on time.

㉓ **Foreign** investment is at an all-time high.

㉔ Ms. Webster will **detail** the accounting information at the meeting tomorrow.

㉑ standard [ˋstændəd]	名 標準；規格；規範　形 標準的 → 動 standardize 使規格化；使統一 　　名 standardization 標準化；統一
㉒ count [kaʊnt]	動 計算；將……算在內 動片 count on ... 信賴 名 計算；總計
㉓ foreign [ˋfɔrɪn]	形 國外的；外來的
㉔ detail [dɪˋtel]	動 詳述；列舉 [ˋditel] 名 細節；詳情

21. 這份產品不符合我們公司的品質標準。

22. 您可信賴我們把您的產品準時送達。

23. 國外投資達到前所未有的盛況。

24. 韋伯斯特小姐將於明日會議詳述會計資料。

25 It was a **pleasure** to meet you.

26 The restaurant atmosphere is **pleasant** and the food is delicious.

27 When an agreement was reached and a contract signed, everyone went out to relax and have **fun**.

28 The thoughtful gift brought the secretary great **joy**.

25 pleasure [ˋplɛʒɚ]	图 愉快；滿足；喜悅 → 動 please 使歡喜；討好
26 pleasant [ˋplɛzn̩t]	形 令人愉快的；討人喜歡的
27 fun [fʌn]	图 娛樂；樂趣　形 有趣的；愉快的 → 形 funny 滑稽好笑的；愛開玩笑的
28 joy [dʒɔɪ]	图 高興；喜樂 → 動 enjoy 享受；喜愛；欣賞

25. 很高興能見到您。

26. 這家餐廳的氣氛佳，餐點也好吃。

27. 當達成共識且簽下合約之後，大夥都出去放鬆並找樂子。

28. 這份貼心的禮物帶給祕書無比的喜悅。

㉙ The president is friendly and **jolly**, not stuffy and boring as we expected.

㉚ The party and festivities are **merry** and everyone seems to be having a good time.

㉛ I had a **delightful** conversation with Ms. Nixon over lunch yesterday.

㉜ Everyone enjoyed the **lively** conversation.

㉙ **jolly** [ˋdʒɑlɪ]	形 活潑的；快活的 動 用好話使人高興；開玩笑 → 名 jolliness 愉快；高興
㉚ **merry** [ˋmɛrɪ]	形 歡樂的；興高采烈的
㉛ **delightful** [dɪˋlaɪtfəl]	形 令人高興的 → 動 delight 使高興　名 欣喜
㉜ **lively** [ˋlaɪvlɪ]	形 精力充沛的；熱烈的；生動的 副 活潑地；生氣勃勃地

29. 總統親切而活潑，不像我們所想的那麼古板無趣。

30. 宴會與慶祝活動充滿歡樂，每個人看來都玩得很愉快。

31. 我昨天與尼克森女士共進午餐時，相談甚歡。

32. 大家都很享受這場熱烈的討論。

33 Low interest rates have sparked a lot of real estate **activity**.

34 The school children **behaved** very well in the museum.

35 The tasks are assigned degrees of difficulty on a **scale** of 0 to 50.

36 Researchers **deserted** the study before it was complete.

33 **activity** [æk`tɪvətɪ]	名 活動；行動 → 動 act 行動；扮演 　動 activate 啟動；使活化 　形 active 積極的；有效的
34 **behave** [bɪ`hev]	動 行為舉止；使檢點 → 名 behavior 行為 　形 behavioral 行為的
35 **scale** [skel]	名 等級；刻度尺；規模 動 攀登；按比例排列
36 **desert** [dɪ`zɝt]	動 放棄；遺棄；擅離（職守等） → 名 desertion 放棄；荒廢

33. 低利率刺激許多房地產交易。

34. 這群學童在博物館表現良好。

35. 工作是按難易度而分成 0 到 50 級。

36. 研究員在研究完成前就放棄了。

37 The scientists conducted a **pilot** study that examined the side effects of the new drug.

38 Let's **experiment** with this new program and see what it is capable of.

39 In **reality**, the missing items were not even on the inventory.

40 **Upper** management has projected workforce expansion through the end of the year.

37 pilot ['paɪlət]	形 試驗性的；導向的　名 飛行員 動 帶領；駕駛（飛機）
38 experiment [ɪk'spɛrəmənt]	動 進行實驗；測驗 名 實驗 → 形 experimental 根據實驗的；試驗用的
39 reality [ri'ælətɪ]	名 現實；事實 → 形 real 真實的；實際的
40 upper ['ʌpɚ]	形 高層的；上游的；上層的 → 反 形 lower 低層的

37. 科學家為了測試新藥的副作用而從事一個**試驗性**研究。

38. 我們來**試驗**這個新程式，看看它的效能如何。

39. **事實**上，遺失的物品根本沒列在存貨清單上。

40. 高階主管計畫在年底擴張人事。

41 The restaurant owner **lowered** the prices on the menu.

42 The door was **shut** but we could still hear the people shouting inside the room.

43 You can see the message from the software programmers at the **bottom** of the screen.

44 Software engineers and information systems directors are natural **enemies**.

41 lower [ˋloɚ]	動 降低；減弱；放下
42 shut [ʃʌt]	形 關閉的　名 關閉 動 關閉；打烊；把⋯⋯關上
43 bottom [ˋbɑtəm]	名 底部；下端 動 對⋯⋯尋根究底；根據
44 enemy [ˋɛnəmɪ]	名 敵人 → 名 enmity 敵意；不合

41. 餐廳老闆降低菜單價目。
42. 門雖關上了，但我們仍可聽到房內的人在吼叫。
43. 你可在螢幕下端看到軟體設計師的訊息。
44. 軟體工程師與資訊系統主管本來就互相為敵。

45 The two corporate executives have been longtime **foes** since high school.

46 She found the information after **digging** through the files.

47 **Firstly**, calcium is the key to preventing osteoporosis.

48 We are **primarily** concerned with new product sales.

45 foe [fo]	名 仇敵；反對者
46 dig [dɪg]	動 挖掘；探究；戳
47 firstly [ˋfɝstlɪ]	副 首先 → 形 first 第一的；基本的；最高（等級）的
48 primarily [praɪˋmɛrɪlɪ]	副 首要地；最初地 → 形 primary 主要的；基層的

45. 這兩位公司主管從高中時代以來就是宿敵。

46. 經過一番挖掘，她在檔案中找到資料。

47. 首先，鈣質是預防骨質疏鬆的重要物質。

48. 我們優先關切新產品的銷售額。

BASIC VOCABULARY 1200

Week

2nd

① She searched for a **quiet** place to read the **material**.

② His office is decorated with **modern** art.

③ The girls and boys are in **traditional** costumes.

④ We found this 16th century table in an **antique** store.

① **quiet** [ˋkwaɪət]	形 安靜的；沉默的；不公開的 名 平靜　動 安靜；使平靜
material [məˋtɪrɪəl]	名 原料；素材　形 物質的；肉體的 → 動 materialize 使具體化；實現 　　反 形 spiritual 精神上的
② **modern** [ˋmɑdən]	形 現代的；時髦的 → 動 modernize 現代化 　　名 modernization 現代化 　　名 modernity 新式
③ **traditional** [trəˋdɪʃənl]	形 傳統的 → 名 tradition 傳統；慣例
④ **antique** [ænˋtik]	形 古董的；年代久遠的　名 古物；古董 → 名 antiquity 中古時代；古代的遺物

1. 她尋找一處安靜地方以閱讀資料。
2. 他的辦公室裝飾著現代藝術品。
3. 女孩和男孩們都穿著傳統服裝。
4. 我們在一家古董店找到這張 16 世紀的桌子。

5 The tourist was listening to the music of an **ancient** pipe organ in the cathedral.

6 John did genealogical research on his **ancestors**.

7 The bridges are **aging** and some have become unsafe.

8 It is highly recommended that the burning of **fossil** fuels be cut.

Week
2nd

DAY
1st

5 ancient ['enʃənt]	形 古代的；老舊的
6 ancestor ['ænsɛstɚ]	名 祖先 → 形 ancestral 祖傳的 反 名 descendant 後代子孫
7 age [edʒ]	動 變老；使（酒）味道變醇 名 年齡；（人生的）某一時期
8 fossil ['fɑsl]	名 化石；食古不化的人 → 動 fossilize 使成化石；使陳腐

5. 這位遊客在天主教堂聆聽由古管風琴奏出的樂聲。

6. 約翰對他的祖先做族譜研究。

7. 這幾座橋年代久遠，而且有些已不太安全。

8. 專家極力呼籲減少燃燒化石燃料。

9 His **movements** were **calculated** and slow.

10 I'd like to remind you that a person's weight is a **private** matter.

11 The letter contained **personal** information about Mr. Davis.

12 The **public** was outraged over the riots that took place this weekend.

9 movement [`muvmənt]	名 運行;姿態;傾向 → 動 move 移動;使感動
calculate [`kælkjə,let]	動 估算;計算 → 名 calculation 計算;深思熟慮
10 private [`praɪvɪt]	形 私人的;非官方的;隱密的 → 名 privacy 隱私權
11 personal [`pɜsn̩l]	形 個人的;私自的;親身的 → 名 person 個人
12 public [`pʌblɪk]	名 公眾　形 大眾的;公用的 → 動 publicize 公布;宣傳 　　名 publicity 名聲;宣傳

9. 他的作為經過計畫而且緩慢進行。

10. 我要提醒你,個人的體重是私事。

11. 這封信包含戴維斯先生的個人資料。

12. 社會大眾對本週末發生的暴動感到氣憤。

⑬ We plan to **publish** four books by this author in one year.

⑭ The **royalty** will be paid in July.

⑮ Please **edit** the interview and have it on my desk by 3:00 p.m.

⑯ The publisher insisted that the **manuscript** be completed by Friday.

Week
2nd

DAY
1st

⑬ **publish** [ˋpʌblɪʃ]	動 出版；刊載；頒布 → 名 publication 出版；刊物
⑭ **royalty** [ˋrɔɪəltɪ]	名 專利權稅；版稅；皇族；領地 → 形 royal 王室的；尊嚴的
⑮ **edit** [ˋɛdɪt]	動 編輯；校訂；剪接 → 名 edition 版本；（某版的）發行數 形 editorial 編者的；社論的
⑯ **manuscript** [ˋmænjə͵skrɪpt]	名 打字稿；手稿；原稿 形 手寫的；原稿的

13. 我們計畫在一年內出版這位作家的四本著作。

14. 版稅將於七月償付。

15. 請編輯訪談錄，並於下午三點前放在我桌上。

16. 出版商堅持文稿應於週五前完成。

17 We have to read his **biography** in the business class.

18 The digital version of this **encyclopedia** is **updated** every year.

19 **Chapter** four is much too difficult to read in one evening.

20 We can get an idea of where the new manufacturing plant will be by looking at the **atlas**.

17 biography [baɪˋɑɡrəfɪ]	名 傳記;發展史 → 形 biographical 傳記的
18 encyclopedia [ɪnˌsaɪkləˋpidɪə]	名 百科全書 → 形 encyclopedic 百科全書的;知識廣博的
update [ʌpˋdet]	動 為……提供(或補充)最新訊息 名 最新的情況;更新 → 反 動 outdate 過時
19 chapter [ˋtʃæptɚ]	名 (書籍的)章,回
20 atlas [ˋætləs]	名 地圖集;圖解集

17. 我們必須在商業課程閱讀他的傳記。

18. 這本百科全書的數位版每年更新。

19. 第四章很難在一個晚上內讀完。

20. 我們可從地圖得知新工廠的位置。

㉑ Although she is a **fiction** writer, her characters are based on real people.

㉒ More than 400,000 Americans **reportedly** die from smoking-related illnesses every year.

㉓ The patient is **listed** in good condition and is expected to be released within two weeks.

㉔ The items are **indexed** in the brochure by category.

Week
2nd

DAY
1st

㉑ fiction [ˋfɪkʃən]	图 小說；想像 → 形 fictional 虛構的
㉒ reportedly [rɪˋportɪdlɪ]	副 據傳聞；據報導 → 動 report 描述　图 報導；報告
㉓ list [lɪst]	動 把……編列成表 图 列舉；名冊
㉔ index [ˋɪndɛks]	動 為……編索引 图 索引；目錄

21. 她雖為小說家，但她的筆下人物都是根據真實人物寫成。

22. 據報導，每年死於抽菸相關疾病的美國人超過 40 萬人。

23. 這病人被列為情況良好，可望在兩週內出院。

24. 型錄冊子的索引依項目編排。

25 The chef is preparing a dinner of lobster **tail**.

26 The sailors sat around the bar sharing sea **tales** and drinking beer.

27 There are not many **shy** salespeople.

28 His family was on a six-month trip, so the executive became **lonely**.

25 **tail** [tel]	名 尾部；尾狀物；跟蹤者
26 **tale** [tel]	名 故事；傳說；閒話
27 **shy** [ʃaɪ]	形 害羞的；膽小的；遲疑的 → 名 shyness 害臊；羞怯
28 **lonely** [ˈlonlɪ]	形 孤獨的；寂寞的；人跡罕至的 → 名 loneliness 孤獨 　 形 lone 孤單的（放在名詞前）

25. 主廚正在準備一道龍蝦尾晚餐。

26. 水手們圍坐在吧台，分享航海軼事並暢飲啤酒。

27. 害羞的銷售人員並不多。

28. 經理因家人出外旅行六個月而感到孤單。

29 The four-hour meeting was **miserable** for everyone.

30 Competitive people sometimes become **jealous** when their **colleagues** succeed.

31 It was such a **disappointment** to receive the rejection letter for the job.

32 Tickets are $7 for **adults**, $2 for children from 6 to 12, and free for children under 6.

Week
2nd

DAY
1st

29 **miserable** [ˋmɪzərəb!]	形 痛苦的；不幸的 → 名 misery 不幸；悲慘；窮困
30 **jealous** [ˋdʒɛləs]	形 忌妒的；吃醋的 → 名 jealousy 猜忌；戒備
colleague [ˋkɑlig]	名 同事；同僚
31 **disappointment** [ˌdɪsəˋpɔɪntmənt]	名 失望；令人沮喪的事物 → 動 disappoint 令人感到失望
32 **adult** [əˋdʌlt]	名 成年人 形 成人的；色情的

29. 這四小時的會議令大家覺得異常痛苦。

30. 好競爭的人有時會因同事成功而心生忌妒。

31. 收到求職遭拒的信，令人感到失望。

32. 成人票價七元；6 至 12 歲孩童兩元；6 歲以下孩童免費。

83

33 Only about 20 percent of American **adolescents** now smoke.

34 Her **childhood** was happy and carefree.

35 He was just a **youngster** when he became interested in the stock market.

36 Allen and Ester plan to **marry** this fall.

33 adolescent [ˌædl̩ˈɛsn̩t]	名 青少年　形 青春期的；不成熟的 → 名 adolescence 青春期
34 childhood [ˈtʃaɪldˌhʊd]	名 童年時期 → 名 child 孩童 形 childlike／childish 孩子氣的；幼稚的
35 youngster [ˈjʌŋstɚ]	名 小孩；年輕人 → 形 young 年輕的；青春的；沒經驗的
36 marry [ˈmærɪ]	動 結婚；娶；嫁 → 名 marriage 婚姻；緊密結合

33. 目前只約有 20% 的美國青少年吸菸。

34. 她的童年時期快樂而且無憂無慮。

35. 當他對股市感興趣時，只不過是個小夥子。

36. 艾倫與伊絲特計畫今年秋天結婚。

37 The **bride** is wearing a long traditional wedding gown.

38 The bride and **groom** arrived at the reception in a Mercedes.

39 The warm fire, friendly company, and good food created an **intimate** atmosphere.

40 Congratulations on the **birth** of your first child.

Week
2nd

DAY
1st

37 bride [braɪd]	名 新娘 → 名 bridegroom 新郎
38 groom [grum]	名 新郎；馬伕
39 intimate [ˈɪntəmɪt]	形 親密的；舒適宜人的 → 名 intimacy 親密；性行為
40 birth [bɝθ]	名 出生 → 動 bear 生（小孩）；生（利息）；忍受 形 born 為 bear 的過去分詞

37. 新娘穿著一襲傳統式的長禮服。

38. 新娘與新郎乘坐一輛賓士轎車抵達婚禮宴會。

39. 溫暖的爐火、親切的友伴和佳餚，營造溫馨的氣氛。

40. 恭喜你第一個孩子的出生。

83 ④ US・AU ④ CA・UK ④ US・AU ④ CA・UK

41 She got very sick when she became **pregnant** and had to resign.

42 This movie contains violence, **sexual content**, and adult language.

43 He was happy just to be **alive** after the plane crash.

44 We were delighted to hear that our **proposal** was accepted.

41 **pregnant** [ˋprɛgnənt]	形 懷孕的；意味深長的 → 名 pregnancy 懷孕；多產	
42 **sexual** [ˋsɛkʃʊəl]	形 性別的；性慾的 → 名 sex 性別；性慾	
content [ˋkɑntɛnt]	名 內容 → 動 contain 包含	
43 **alive** [əˋlaɪv]	形 活著的；有生氣的；通電的	
44 **proposal** [prəˋpozl]	名 提案；求婚 → 動 propose 提出；計畫；求婚	

41. 她懷孕後感到非常不適，不得不離職。
42. 這部電影充斥暴力、色情與成人粗話。
43. 他慶幸自己能從墜機中倖存。
44. 我們很高興聽到我們的提案獲得採納。

⓸⓹ This risky **proposition** should be carefully **investigated** before we agree to it.

⓸⓺ Our stockbroker often repeats the **phrase** "Don't put all of your eggs in one basket."

⓸⓻ The freshly brewed beer must be **bottled** immediately.

⓸⓼ He **pounded** the nail into the wall and hung the picture.

Week
2nd

DAY
1st

⓸⓹ proposition [ˈprɑpəˈzɪʃən]	图 提議；計畫；主張
investigate [ɪnˈvɛstəˌget]	動 調查；研究 → 图 investigation 調查 　 形 investigative 調查性的
⓸⓺ phrase [frez]	图 成語；片語；措詞 → 形 phrasal 片語的
⓸⓻ bottle [ˈbɑtl̩]	動 裝瓶；把（水果、蔬菜等）裝瓶醃製 图 瓶子；一瓶的容量
⓸⓼ pound [paʊnd]	動 （用力地）敲打；搗碎

45. 這個高風險的**提議**應在我們同意前，先仔細調查一番。

46. 我們的證券經紀人經常重複一句**諺語**：「不要把所有雞蛋放在一個籃子裡。」

47. 剛釀成的啤酒必須馬上**裝瓶**。

48. 他在牆上打進釘子，然後掛上一幅圖畫。

❶ Communication difficulties can **destroy** an international business relationship.

❷ Our policy is to be **tough** on those who violate the rules.

❸ I grew up in a **strict** Catholic family.

❹ The **final** decision will be made by next Wednesday.

---

❶ **destroy** [dɪˋstrɔɪ]	動 摧毀；破壞 → 名 destruction 毀滅 　形 destructive 毀滅性的
❷ **tough** [tʌf]	形 強硬的；結實的；牢固的 → 動 toughen（使）變堅韌；變困難
❸ **strict** [strɪkt]	形 嚴格的；精確的；不折不扣的 → 名 strictness 嚴謹；精確
❹ **final** [ˋfaɪnl]	形 最終的；決定性的　名 決賽；期末考 → 動 finalize 結束；完成 　名 finalization 完成

---

1. 溝通障礙足以破壞國際商業關係。
2. 我們的政策是嚴厲對付違反規定的人。
3. 我成長於一個嚴格的天主教家庭。
4. 下週三之前將會做出最後的決定。

5 We have an **edge** in manpower and mobility over our competitors.

6 A 60-percent-40-percent split of profits doesn't seem **fair**.

7 The item number you requested doesn't **exist**.

8 Mr. Davis was **absent**, so he couldn't vote.

Week
2nd

5 edge [ɛdʒ]	图 優勢;刀口;(言語等)尖銳 動 使鋒利 → 形 edgy 刀口銳利的;急躁的;前衛的
6 fair [fɛr]	形 公平的;尚可的 副 公平地;直接地 → 图 fairness 公正
7 exist [ɪgˋzɪst]	動 存在;生活 → 图 existence 存在　形 existent 存在的 　　形 existential(有關)存在的
8 absent [ˋæbsn̩t]	形 不在場的;心不在焉的 → 图 absence 缺席

DAY
2nd

---

5. 我們在人力資源與流動性上,擁有對手所缺乏的優勢。

6. 六四拆帳方式不盡公平。

7. 你詢問的項目編號並不存在。

8. 戴維斯先生因缺席而無法投票。

9 The **mistake** became obvious when we examined the record.

10 The mathematical **error** cost the company $4,000.

11 Amy **originally** planned to become a nurse, but decided instead to become a chiropractor.

12 The company's deficit was **initially** projected at $2 billion, but it is edging toward $2.5 billion.

9 mistake [mɪˈstek]	名 錯誤；過失　動 把……誤認為；搞錯 → 形 mistaken 誤解的；誤認的
10 error [ˈɛrɚ]	名 錯誤；差錯；誤差 → 動 err 犯錯誤；（書刊、儀器等）出差錯 　 形 erroneous 不正確的
11 originally [əˈrɪdʒənlɪ]	副 本來；獨創地 → 動 originate 發源；引起 　 名 origination 起源；創作 　 名 original 原著　形 最初的；有原創力的
12 initially [ɪˈnɪʃəlɪ]	副 最初地 → 動 initialize（電腦）格式化 　 形 initial 開始的；在字開頭的

9. 當我們查驗紀錄時，錯誤顯而易見。

10. 因為數學上的錯誤導致公司損失四千美元。

11. 艾咪原本計畫當護士，後來反而決定成為整脊師。

12. 公司最初只預估 20 億元的赤字，但它卻正逼近 25 億元。

⓭ Tiny amounts of pesticides have been used to protect crops.

⓮ The new eight-cylinder engine is very **powerful**.

⓯ She didn't have the **strength** to speak after the surgery.

⓰ He **strongly denied** the charge.

Week
2nd

DAY
2nd

⓭ tiny [ˈtaɪnɪ]	形 微小的；極小的 → 名 tininess 微小
⓮ powerful [ˈpauəfəl]	形 強大的；有權威的 → 名 powerfulness 強力 　　名 power 權力；力量
⓯ strength [strɛŋθ]	名 力氣；強度；長處 → 動 strengthen 增強；鞏固
⓰ strongly [ˈstrɔŋlɪ]	副 強烈地；堅固地；強大地 → 形 strong 強壯的；激烈的
deny [dɪˈnaɪ]	動 否認；否決 → 名 denial 否認

13. 微量的殺蟲劑用於保護農作物。

14. 新式的八汽缸引擎馬力很強。

15. 手術後，她沒有說話的力氣。

16. 他堅決否認指控。

91

⑰ The first in this **series** of plays will begin in March.

⑱ Can you give me the **serial** number of the printer, please?

⑲ She took a **risk** and changed her career.

⑳ Starving animals grow **dangerous**.

⑰ **series** [ˋsiriz]	名 系列；叢書；連續
⑱ **serial** [ˋsɪrɪəl]	形 連續的；一連串的 名 連載小說（或圖畫等）；連續劇
⑲ **risk** [rɪsk]	名 風險；危險 動 冒……的風險；以……作為賭注 → 形 risky 冒險的
⑳ **dangerous** [ˋdendʒərəs]	形 危險的 → 動 endanger 危及；使遭到危險 名 danger 危險

17. 系列比賽的第一場將於三月展開。

18. 能請你給我印表機的**序號**嗎？

19. 她**冒險**轉行。

20. 飢餓的動物會變得有**危險性**。

㉑ He **threatened** to quit his job unless he received a pay raise.

㉒ There was a look of **terror** on his face when the snarling dog approached.

㉓ The students were **horrified** when they saw the video of **actual** car accidents.

㉔ **Besides** the costs, we need to consider the time involved.

Week
2nd

DAY
2nd

㉑ **threaten** [ˈθrɛtn̩]	動 威脅；揚言要；有……的危險 → 名 threat 恐嚇；凶兆
㉒ **terror** [ˈtɛrɚ]	名 恐怖；引起恐怖的人或物；恐怖行為 → 動 terrorize 恐嚇；脅迫
㉓ **horrify** [ˈhɔrəˌfaɪ]	動 使驚懼；使恐懼 → 名 horror 恐怖；驚懼；令人恐怖的事物 形 horrific 恐怖的
actual [ˈæktʃʊəl]	形 實際上 → 名 actuality 現狀；事實
㉔ **besides** [bɪˈsaɪdz]	前 除……之外還有 副 此外；而且

21. 他揚言辭職，除非他獲得加薪。

22. 當咆哮的狗靠近時，他露出驚駭的表情。

23. 看到影片裡真實的車禍時，學生們都被嚇到了。

24. 不僅費用，我們還需考量所牽涉的時間。

25 Women expect **equal** pay for doing the same job that men do.

26 The students were unable to answer the math **equation**.

27 I think the projections are **overly** optimistic.

28 **Excessive** exposure to sunlight causes skin cancer.

25 **equal** [ˋikwəl]	形 同等的；對等的　名（地位等）相同的人 動 等於；比得上 → 動 equalize 使平等 　　名 equality 相等；等式
26 **equation** [ɪˋkweʃən]	名 方程式；平衡；同等對待 → 動 equate 使相等 　　形 equational 方程式的；平均的
27 **overly** [ˋovəlɪ]	副 過度地；極度地
28 **excessive** [ɪkˋsɛsɪv]	形 過分的；超過的 → 動 exceed 超出；勝過 　　名 excess 超過；過剩

25. 女性希望與男性同工同酬。

26. 這些學生無法解答這道數學**方程式**。

27. 我認為這些預測**過度**樂觀。

28. **過度**曝曬於陽光下，會導致皮膚癌。

29 You might want to invest in an **extra** battery for your laptop.

30 He was a **professional** basketball player before he became a mayor.

31 I am sorry to inform you that you did not **qualify** for the position.

32 Enclosed please find my personal history and a **reference** from my former employer.

Week
2nd

DAY
2nd

29 extra [ˋɛkstrə]	形 額外的；另外收費的；特大的 名 附加費用；臨時演員
30 professional [prəˋfɛʃənl̩]	形 職業的；專業的；高水準的 名 職業選手；專家 → 動 profess 以……為業；當教授 　　名 profession 職業；同業
31 qualify [ˋkwɑlə͵faɪ]	動 取得資格；限定；授權予 → 名 qualification 賦予（或取得）資格； 　　資格證書
32 reference [ˋrɛfərəns]	名 推薦函；參考；提及 → 動 refer 把……歸因（於）

29. 你可能會想為筆記型電腦多買一個電池。

30. 他在當市長前，是個職業籃球員。

31. 我遺憾地告訴你，你並不**具備這工作的合格條件**。

32. 我在信件中附上我的個人經歷與前雇主的**推薦信**。

33 This position requires **skill** in computer programming.

34 Every applicant will be **screened** very carefully.

35 We **chose** not to venture abroad.

36 Tomorrow we'll be **interviewing** ten candidates for the position.

33 skill [skɪl]	名 技能；技巧 → 形 skilled 有技巧的
34 screen [skrin]	動 選拔；放映；掩護 名 幕簾；遮擋物；螢光幕
35 choose [tʃuz]	動 選擇；決定（要……）；寧願 → 名 choice 選擇 　形 choosy 挑剔的；難以取悅的
36 interview [ˈɪntɚˌvju]	動 面談；接見；訪問 名 面試；會面；訪談錄

33. 這職位要求具備電腦程式技能。

34. 每位應徵者將受到仔細的篩選。

35. 我們決定不做國外冒險事業。

36. 我們明天將為此職缺面試 10 名應徵者。

❸❼ **Full-time** positions that offer medical benefits and retirement benefits are becoming very scarce.

❸❽ His **part-time** job at the auto parts store helped him pay his way through college.

❸❾ We **train** our new employees on all aspects of banking before they can become tellers.

❹⓿ Jack was **assigned** to the San Francisco branch.

Week
2nd

DAY
2nd

❸❼ **full-time** [ˈfʊlˈtaɪm]	形 全職的;全日制的
❸❽ **part-time** [ˈpɑrtˈtaɪm]	形 兼任的;非全日的
❸❾ **train** [tren]	動 培養;訓練;為……而受訓
❹⓿ **assign** [əˈsaɪn]	動 分派;指定;選派 → 名 assignment(分派的)任務;功課

37. 能供應醫療福利與退休金的全職工作變得很少見。
38. 他在汽車零件廠的兼差工作,支應他讀完大學的費用。
39. 在新進員工成為出納員之前,我們會先訓練他們所有銀行的相關業務。
40. 傑克被指派前往舊金山分行。

㊶ Many **workplace** accidents are caused by workers being careless.

㊷ You should not continue to **overwork** your employees like you are doing now.

㊸ We have a lot of **paperwork** because of the nature of our business.

㊹ Mr. Botti had to **fire** three employees today for stealing supplies.

㊶ **workplace** [ˋwɝkˏples]	名 工作場所；職場
㊷ **overwork** [ˋovɚˋwɝk]	動 使……工作過度；做……過頭 名 過分勞累
㊸ **paperwork** [ˋpepɚˏwɝk]	名 日常文書工作；規劃工作
㊹ **fire** [faɪr]	動 解雇 名 火

41. 許多職場意外事故導因於員工的疏忽。

42. 你不該持續像現在這樣讓你的雇員**工作過度**。

43. 基於我們的業務特性，我們有大量的文書工作。

44. 包提先生今天必須**解雇**三名偷竊用品的員工。

⑮ Six months of **unemployment** has drained his savings account.

⑯ Despite the unemployment rate being the lowest in five years, he remained **jobless**.

⑰ The airline **strike** is **delaying** travel plans all over the United States.

⑱ Although he was a very **talented** negotiator, his personal life wrecked his career.

Week
2nd

DAY
2nd

⑮ unemployment [ʌnɪmˋplɔɪmənt]	图 失業；失業人數 →動 employ 雇用；使用 　图 employment 雇用；工作
⑯ jobless [ˋdʒɑblɪs]	形 失業的 → 图 job 工作；職責
⑰ strike [straɪk]	图 攻擊；罷工；罷課 動 打擊；侵襲；罷工
delay [dɪˋle]	動 耽擱；使……延期 图 延遲；耽擱
⑱ talented [ˋtæləntɪd]	形 天才的；有才幹的 → 图 talent 天資；才能

45. 長達六個月的**失業**，已經耗盡他的積蓄。
46. 雖然**失業**率降到五年來的最低點，他還是**失業**。
47. 航空人員**罷工**正**延誤**全美班機。
48. 雖然他很有談判的**天賦**，但私人生活卻拖垮他的事業。

97 ❶ AU・US ❷ UK・US ❸ CA・UK ❹ US・UK

❶ Our **target** is 4,000 sales by October.

❷ The managers and employees clearly understand the **goals** and the plans to achieve them.

❸ The cage door was left open and the canary flew to **freedom**.

❹ Her birthday just **slipped** my mind and I didn't even send her a card.

❶ **target** [ˈtɑrgɪt]	图 攻擊的靶心；（欲達到的）目標 働 把……作為目標
❷ **goal** [gol]	图 目的；（賽跑等的）終點
❸ **freedom** [ˈfridəm]	图 自由；獨立自主；解脫 → 働 free 使自由　形 自由的
❹ **slip** [slɪp]	働 遺忘；滑跤；錯過；滑 图 滑跤；疏忽 → 形 slippery 易滑脫的；不穩定的；滑的

1. 我們的目標是在十月份達到四千份銷售量。

2. 經理與員工們都清楚明瞭所必須完成的目標與計畫。

3. 鳥籠的門沒關，讓金絲雀飛向自由。

4. 我就這麼忘了她的生日，連生日卡也沒送她。

5 Mr. Cleaver complimented the waitress for her **friendly** and efficient service.

6 Ms. Sawyer accompanied a group of U.S. business and political leaders on a **goodwill** trip to China.

7 We **sincerely** regret that your request cannot be granted.

8 We were served a **hearty** meal of veal and potatoes.

Week
2nd

DAY
3rd

5 friendly [`frɛndlɪ]	形 友善的；親切的 → 名 friendliness 友好 名 friend 朋友；支持者
6 goodwill [`gʊd`wɪl]	名 親善；好心；（商店、企業等的）信譽
7 sincerely [sɪn`sɪrlɪ]	副 由衷地；真誠地 → 名 sincerity 真心誠意 形 sincere 衷心的
8 hearty [`hɑrtɪ]	形 豐富的；熱誠的 → 名 heart 心臟；內心；感情

5. 柯列佛先生讚賞這名女服務生**親切**而迅速的服務。

6. 索耶女士陪同美國政商領袖團體，前往中國進行**親善**之旅。

7. 您的要求未獲允許，我們**由衷**感到遺憾。

8. 我們享用了一份包含小牛肉與馬鈴薯的**豐盛**餐點。

❾ Please accept our deepest **sympathy** and condolence in the loss of your father.

❿ His **happiness** is based on the success of his stock portfolio.

⓫ How can we possibly **satisfy** such a demanding customer?

⓬ His **excitement** over the sale was contagious.

❾ **sympathy** [ˋsɪmpəθɪ]	名 同情心；慰問 → 動 sympathize 同請；體諒；支持 形 sympathetic 有同情心的
❿ **happiness** [ˋhæpɪnɪs]	名 快樂；幸福 → 形 happy 快樂的；幸福的；滿意的 反 unhappiness 不快樂
⓫ **satisfy** [ˋsætɪsˏfaɪ]	動 使……滿足；符合；償還 → 名 satisfaction 滿意；稱心 形 satisfactory 符合要求的 反 動 dissatisfy 使……感到不滿
⓬ **excitement** [ɪkˋsaɪtmənt]	名 興奮；刺激 → 動 excite 使興奮；激起

9. 對於令尊過世，我們致上最深的**同情**與弔慰。

10. 他為自己成功的投資組合而**高興**。

11. 我們怎可能**滿足**這麼一個苛求的客戶？

12. 他對拍賣會的**興奮之情**具有感染力。

⑬ She wanted to **amaze** the boss by finishing the assignment early.

⑭ I **marvel** at what she achieved this quarter.

⑮ I was **shocked** when I heard about the pay cut.

⑯ The scandal has created a **sensation** in Washington, D.C.

Week
2nd

DAY
3rd

⑬ **amaze** [ə`mez]	動 使大為驚嘆 → 名 amazement 驚奇;詫異
⑭ **marvel** [`marvl]	動 對……感到驚訝
⑮ **shock** [ʃɑk]	名 令人驚奇的事物（或人物） → 形 marvelous 令人驚奇的;妙極了
⑯ **sensation** [sɛn`seʃən]	名 轟動的事物;知覺;興奮 動 使震驚;使休克 名 打擊;電擊;休克 → 形 sensational 感覺的;引起轟動的

13. 她提早完成任務，想給上司一個驚喜。

14. 我對她這一季的表現十分驚訝。

15. 當我聽到減薪時，感到很震驚。

16. 這樁醜聞在華府造成轟動。

⑰ It was a **thrill** to visit your website for the first time.

⑱ She's **independent**, hardworking, and **ambitious**.

⑲ I'm not **willing** to renegotiate the settlement and spend another two years in court.

⑳ Jonathan, I would like you to take the **initiative** on this project.

⑰ **thrill** [θrɪl]	名 興奮;顫抖 動 引起興奮;令人毛骨悚然
⑱ **independent** [ˌɪndɪˈpɛndənt]	形 獨立的;分開的;無黨派的 → 名 independence 獨立自主
ambitious [æmˈbɪʃəs]	形 有野心的;炫耀的 → 名 ambition 雄心;抱負
⑲ **willing** [ˈwɪlɪŋ]	形 情願的;樂意的 → 名 willingness 心甘情願
⑳ **initiative** [ɪˈnɪʃətɪv]	名 主動;首創精神;倡議 → 動 initiate 率先;使初步了解 名 initiation 創始;入會

17. 第一次瀏覽你的網站,真令人興奮。

18. 她獨立、認真工作,而且野心勃勃。

19. 我不願意重新討論和解,也不想再花兩年時間在法庭上。

20. 強納森,我希望由你來領導這個計畫。

㉑ I don't think I have time to **volunteer** for the homeless collection campaign.

㉒ I made an **awful** mistake.

㉓ You can't win if you are **afraid** to take risks.

㉔ He still gets **angry** very easily.

㉑ **volunteer** [,vɑlən`tɪr]	動 自願提供；自願服務 名 義工；志願兵 形 自願參加的；自發的
㉒ **awful** [`ɔful]	形 嚇人的；使人敬畏的；非常的 → 名 awfulness 威嚴；極難看
㉓ **afraid** [ə`fred]	形 害怕；擔心；恐怕
㉔ **angry** [`æŋgrɪ]	形 生氣的 → 動 anger 使發怒　名 怒氣

21. 我不認為我有時間為流浪漢募款活動當義工。

22. 我犯了一個可怕的錯誤。

23. 如果你害怕冒險，你是贏不了的。

24. 他仍然十分易怒。

25 Tony has been Jason's best **pal** for over 20 years.

26 The bank **teller** counted the money before she handed it back to the customer.

27 Linda works as a **bookkeeper** at a local supermarket.

28 Our firm hired a **consultant** to help us improve our customer service.

25 **pal** [pæl]	图 好友；同夥；共犯
26 **teller** [ˋtɛlɚ]	图 （銀行）出納員；講述者
27 **bookkeeper** [ˋbʊkˌkipɚ]	图 簿記員；記帳人 → 图 bookkeeping 簿記
28 **consultant** [kənˋsʌltənt]	图 顧問；諮詢者 → 動 consult 商量；看病；查閱 图 consultation 諮詢；商議 形 consultative 諮詢的

25. 托尼是傑森 20 年來的最好的朋友。
26. 銀行出納員把錢算一遍，然後交還給顧客。
27. 琳達在當地超級市場擔任記帳員。
28. 我們公司聘用一名顧問，協助我們改善客戶服務。

㉙ The public-policy **panel** discussion is scheduled for this Friday.

㉚ Mr. Morton hired a **carpenter** to build shelves in his office.

㉛ **According** to the weather report, we can expect rain tomorrow.

㉜ We will take a moment to relax and enjoy the **beauty** of the sunset.

Week
2nd

DAY
3rd

㉙ **panel** [ˋpænl̩]	名 專題討論小組；儀表板；油畫版
㉚ **carpenter** [ˋkɑrpəntɚ]	名 木工；木匠 → 名 carpentry 木匠業；木工品
㉛ **according** [əˋkɔrdɪŋ]	形 和諧的；相應的 according to . . . 根據 → 動 accord 使一致　名 調和 副 accordingly 照著；於是
㉜ **beauty** [ˋbjutɪ]	名 美麗；美人；優點 → 動 beautify 美化 形 beautiful 美麗的

29. 公共政策小組的研討會安排在本週五。
30. 莫頓先生雇用一名木匠，在他辦公室設置書櫃。
31. 根據天氣報告，明天很可能下雨。
32. 我們將稍作休息，享受夕陽之美。

33 I'd rather leave that issue **aside** for the moment.

34 We have a lot of **confidence** that the new answering service will improve our customer relations.

35 The EU flag was hoisted on the flagpole together with the Austrian **flag**.

36 The flag flew from a **pole** in front of the school.

33 aside [əˋsaɪd]	副 在旁邊;(暫時地)離開
34 confidence [ˋkɑnfədəns]	名 自信;信賴;大膽 → 動 confide 將……委託;透露;信賴 　 形 confident 確信的;自負的
35 flag [flæg]	名 旗幟 動 在……上豎旗子;打旗號表示
36 pole [pol]	名 竿;柱;桿 動 撐竿;撐船

33. 我寧願現在先把這議題擱置一陣子。

34. 我們相信新的答錄服務將增進我們與客戶的關係。

35. 歐盟旗幟以及奧地利國旗一同在旗竿上升起。

36. 旗子在校門前的旗竿上飄揚著。

37 Please **label** the file cabinet drawers with their contents.

38 Scientists expect to find life on another **planet**.

39 The **solar** panels are an efficient way to heat the company's pools.

40 Calendars in Middle Eastern countries are based on **lunar** months.

Week
2nd

37 label [ˋlebl]	動用籤條標明；歸類為 名標籤；稱號
38 planet [ˋplænɪt]	名行星；星球 → 形planetary 行星的；漂泊不定的；全球的
39 solar [ˋsolɚ]	形日光的；利用太陽光的
40 lunar [ˋlunɚ]	形陰曆的；月球的

DAY
3rd

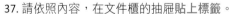

37. 請依照內容，在文件櫃的抽屜貼上標籤。
38. 科學家希望在另一個星球上發現生命。
39. 設置太陽能板能有效加溫公司游泳池。
40. 中東國家採用陰曆。

41 The car salesman tried to **pressure** us into a **decision**.

42 We used **string** to tie up the packages.

43 The heavy demand on social services is draining the city **treasury**.

44 I will call you with more details about the **savings** that our new policy will provide for you.

41 pressure [ˈprɛʃɚ]	動 施壓;迫使　名 壓迫;壓力 → 動 press 壓碎;燙平
decision [dɪˈsɪʒən]	名 決定;解決 → 動 decide 下決定;裁決 　 形 decisive 決定性的
42 string [strɪŋ]	名 線;細繩;弦;串繩
43 treasury [ˈtrɛʒərɪ]	名 金庫;國庫;（大寫）財政部 → 動 treasure 珍藏　名 財富;貴重物品
44 savings [ˈsevɪŋs]	名 存款;節約;救助 → 動 save 挽救;保留;省去;儲存

41. 汽車銷售員設法**促使**我們下決定。

42. 我們用**繩子**綁緊包裹。

43. 沉重的社福需求,快要耗盡市府**財庫**。

44. 我將致電告訴您有關我們最新**存款**政策的細節。

④ That will be 27 dollars plus **tax**.

④ There is a balance of $5,000 still **owing** on your account.

④ For a used car it is much too **pricey**.

④ Stockholders **reaped** the **profits** in the merger.

Week
2nd

DAY
3rd

④ tax [tæks]	名 稅金；負擔；會費　動 向……課稅 → 名 taxation 徵稅；稅收 　　形 taxable 可課稅的；應納稅的
④ owing [ˈoɪŋ]	形 欠著的；未付的 owing to 未付給…… → 動 owe 欠債；應該把……歸功於
④ pricey [ˈpraɪsɪ]	形 高價的 → 動 price 給……定價　名 價格；代價
④ reap [rip]	動 得到報償；收割
profit [ˈprɑfɪt]	名 利潤；益處　動 獲利；有益於 → 形 profitable 有利的

45. 總額是 27 元外加稅金。
46. 共有五千元還未入你的帳戶。
47. 就一輛二手車而言，它太昂貴了。
48. 股東們從合併案獲取利潤。

❶ We are **proud** of our long service history.
❷ He has too much **pride** to admit his mistake and apologize.
❸ This is a drawing that won a grand **prize**.
❹ Dr. Ackers was delighted to receive the **gift** and thanked us profusely.

---

❶ **proud** [praʊd]	形 驕傲的；自豪的；有自尊心的
❷ **pride** [praɪd]	名 自尊心；自豪 動 以……自豪；得意
❸ **prize** [praɪz]	名 獎賞；（競賽的）獎品
❹ **gift** [gɪft]	名 禮物；天賦才能 → 形 gifted 有天賦的

---

1. 我們以悠久的服務歷史為傲。
2. 他自尊心太重了，以至於無法承認錯誤並道歉。
3. 這是一幅得到大獎的畫作。
4. 艾克斯博士很高興收到禮物，並連連向我們致謝。

5 I am very honored to **present** you with this award for the highest sales of the quarter.

6 The **presentation** should only **last** about 20 minutes.

7 The genetically **engineered** drug was developed to treat kidney cancer.

8 The Department of Commerce has **identified** South Africa as one of its ten "big emerging markets" for trade.

Week
2nd

DAY
4th

5 present [prɪ`zɛnt]	動 呈獻;提出;扮演 [`prɛzn̩t] 名 禮物;贈品	
6 presentation [͵prɛzn̩`teʃən]	名 簡報;表現;上演;贈送;授與	
last [læst]	動 持續;保持良好狀態	
7 engineer [͵ɛndʒə`nɪr]	動 設計;建造;操縱 名 工程師;技師;專家	
8 identify [aɪ`dɛntə͵faɪ]	動 確認;鑑定;感同身受 → 名 identity 身分;本體;一致(處) 形 identical 完全相同的;同源的	

5. 我很榮幸能把象徵本季最高銷售額的獎勵頒發給你。

6. 簡報應只有 20 分鐘。

7. 從基因學方面所開發的藥物,是為了治療腎癌。

8. 經濟部認定南非為貿易的「十大新興市場」之一。

113

⑨ A mild **earthquake** shook Los Angeles this morning at 3:00 a.m.

⑩ The earth began to **vibrate** at 8:47 a.m.

⑪ The coach looked at me and **shook** his head.

⑫ The labor dispute has been **swinging** between confrontation and conciliation.

⑨ earthquake [ˋɝθˌkwek]	名 地震；（社會等的）大動盪 → 名 quake 顫抖；搖晃
⑩ vibrate [ˋvaɪbret]	動 震動；共鳴；（聲音等）縈繞 → 名 vibration 振動；搖擺；心靈共鳴
⑪ shake [ʃek]	動 動搖；握（手）；使心煩意亂 → 形 shaky 搖晃的；不穩的
⑫ swing [swɪŋ]	動 搖擺；轉身；轉向 名 擺動；振幅；鞦韆

9. 洛杉磯今晨三點有一輕度地震。

10. 上午 8 點 47 分，地面開始震動。

11. 教練看著我，然後搖搖頭。

12. 勞工糾紛在衝突與和解之間搖擺不定。

⑬ Only those with **perfect** scores are admitted to this academy.

⑭ He refused to **comment** on the matter.

⑮ She **mastered** the basics of money management.

⑯ The secretary called a repairperson when the printer started to make a **loud** buzzing noise.

Week
2nd

DAY
4th

⑬ **perfect** [ˈpɝfɪkt]	形 完美的；精通的；十足的 [pɚˈfɛkt] 動 使完美 → 名 perfection 完美；盡善盡美 反 形 imperfect 不完美的
⑭ **comment** [ˈkɑmɛnt]	動 評論；發表意見；註解 名 評註；評論；閒話 → 名 commentary 系統的註釋；實況報導
⑮ **master** [ˈmæstɚ]	動 精通；作主人；掌控 名 主人；名家；碩士學位　形 精通的；主要的 → 名 mastery 支配；優勢
⑯ **loud** [laʊd]	形 響亮的；喧嘈的；炫耀的

13. 只有得到完美分數的人才能被錄取進入本學院。

14. 他對此事不予置評。

15. 她精通財管基礎知識。

16. 當印表機發出大聲的噪音時，祕書通知修理員前來。

17 When the faxed letter was read **aloud**, the meeting room fell silent.

18 Our union representative was very **vocal** at the last meeting.

19 The office was **locked** and I couldn't find the key.

20 Many people find it difficult to **relax** and go to sleep when something is troubling them.

17 aloud [ə`laʊd]	副 大聲地
18 vocal [`vokl]	形 直言不諱的；聲音的；口頭的
19 lock [lɑk]	動 上鎖；使固定；塞住 名 鎖；水閘；止動器 → 反 動 unlock 開鎖；揭開
20 relax [rɪ`læks]	動 使鬆弛；和緩；減輕 → 名 relaxation 鬆弛；消遣

17. 當傳真信件被大聲讀出時，會議室陷入一片沉默。

18. 我們的聯盟代表在上次會議中暢所欲言。

19. 辦公室上被鎖住，而我找不到鑰匙。

20. 當人們有煩惱時，很難放輕鬆與入睡。

㉑ A trip to the country will **refresh** you.

㉒ She has very little **leisure** time because she is a full-time student with a job.

㉓ Photography can be a very expensive **hobby**.

㉔ Playing golf is Mr. Byrd's favorite **pastime**.

Week
2nd

DAY
4th

㉑ **refresh** [rɪˋfrɛʃ]	動 使清新；使恢復精神；補充 → 名 refreshment 提神之物；茶點
㉒ **leisure** [ˋliʒɚ]	名 閒暇時間；悠閒 形 悠閒的 → 副 leisurely 從容不迫地
㉓ **hobby** [ˋhɑbɪ]	名 嗜好；癖好
㉔ **pastime** [ˋpæs͵taɪm]	名 消遣、娛樂

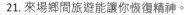

21. 來場鄉間旅遊能讓你恢復精神。

22. 由於她是有上班的全職學生，因此很難有休閒時間。

23. 攝影可是個非常花錢的嗜好。

24. 打高爾夫球是拜耳先生最喜愛的消遣活動。

25 The news was hailed by the **government** as a sign of economic recovery.

26 Voters are skeptical about the ruling **party's** intentions.

27 Many **politicians** do not do what they say they will in their campaign advertisements.

28 Political reform should be achieved through **democratic** processes.

25 **government** [ˋgʌvɚnmənt]	名 政府；政體；管理 → 動 govern 統治；管理；居支配地位 　　形 governmental 統治的
26 **party** [ˋpɑrtɪ]	名 政黨；集會；宴會 動 (美俚) 在宴會上狂歡
27 **politician** [ˌpɑləˋtɪʃən]	名 政客；從事政治的人 → 名 politics 政治；政治學 　　形 political 政治的；行政的
28 **democratic** [ˌdɛməˋkrætɪk]	形 民主的；大眾的 → 動 democratize 使民主化；大眾化 　　名 democracy 民主政體 　　名 Democrat 民主黨員

25. 這消息被政府高舉為經濟復甦的象徵。

26. 選民懷疑執政黨的企圖。

27. 許多政客並未實現他們在選戰廣告中所說的話。

28. 政治改革應該透過民主程序完成。

29 People are seeking reforms to clean up their country's fraud-ridden **electoral** system.

30 Stronger gun-control **legislation** is needed.

31 The news report was live from the **Capitol** in Washington, D.C.

32 **Congress** is expected to pass a bill next week that will require welfare recipients to work at least part time.

Week
2nd

DAY
4th

29 electoral [ɪˈlɛktərəl]	形 選舉的;選舉人的 → 動 elect 選舉;推選　名 election 選舉 　　形 elective 選舉的
30 legislation [ˌlɛdʒɪsˈleʃən]	名 立法;法規 → 動 legislate 制定法律　形 legislative 立法的 　　名 legislature 立法機關
31 Capitol [ˈkæpətl]	名 美國議會大廈
32 Congress [ˈkɑŋgrəs]	名 國會;議會;協會 → 形 congressional 國會的;議會的 　　關 parliament（英國、加拿大等的）國會

29. 人民尋求改革,以淨化這國家充滿欺詐的選舉制度。

30. 更有效的槍枝管制立法是必要的。

31. 新聞正播出華府國會實況。

32. 國會可望於下週通過法案,要求接受社會救濟的人至少應做兼差工作。

117 ❸❸ US・AU ❸❹ CA・UK ❸❺ US・AU ❸❻ CA・UK

❸❸ The **Senate** subcommittee is expected to start an investigation next week.

❸❹ The House will **pass** the education reform bill.

❸❺ The **constitution** guarantees everyone freedom of speech.

❸❻ Mr. Scully has been practicing **law** for 20 years.

❸❸ **Senate** [`sɛnət]	名 參議院；上議院 → 名 senator 參議員 關 the House of Representatives 眾議院； 下議院
❸❹ **pass** [pæs]	動 批准；經過；傳遞　名 穿過；通行證 → 名 passage 通行；通過；走廊 形 passive 被動的；順從的
❸❺ **constitution** [ˌkɑnstə`tjuʃən]	名 憲法；章程 → 動 constitute 構成；制定（法律等）；指定 形 constitutional 本質的；符合憲法的
❸❻ **law** [lɔ]	名 法律；法規；守則 形 lawful 合法的

33. 參議院小組委員會將於下週展開調查。

34. 眾議院將通過教育改革法案。

35. 憲法保障每個人的言論自由。

36. 史考利先生開業當律師已有 20 年了。

120

37 Open-toed shoes are against the dress **code** at this school.

38 The **statute** forbids part-time employees from receiving medical benefits.

39 The judge **ruled** that the evidence was not enough to send to the jury.

40 He has outlined plans to speed up the **judicial** process.

Week
2nd

DAY
4th

37 code [kod]	名 法典；規範；代碼 動 為……編碼
38 statute [`stætʃʊt]	名 法令；規則；條例 → 形 statutory 法規的；法律承認的
39 rule [rul]	動 作出裁決；統治；管轄 名 規則；條例；標準；直尺
40 judicial [dʒu`dɪʃəl]	形 審判的；法院判定的；評判的

37. 涼鞋不符合本校服裝規定。

38. 法令禁止兼差員工享有醫療福利。

39. 法官裁定，證據不足以呈交陪審團。

40. 他勾勒出加快審判過程的計畫。

121

41 You will be asked to **testify** under oath about what you saw on the night of the crime.

42 His **denial** of embezzlement prompted an investigation that lasted six months.

43 The opposition groups **contested** the fairness of the election.

44 The murderer was **sentenced** to life.

41 **testify** [ˋtɛstəˌfaɪ]	動 作證；表明；聲明 → 名 testimony 證詞
42 **denial** [dɪˋnaɪəl]	名 否定；拒絕；背棄 → 動 deny 否認；拒絕……的要求
43 **contest** [kənˋtɛst]	動 提出質疑；爭奪；與……競賽 [ˋkɑntɛst] 名 競賽；爭論 → 名 contestation 爭論 名 contestant 參加競賽者
44 **sentence** [ˋsɛntəns]	動 宣判；使遭受 名 句子；判刑；課刑

41. 你將被要求在宣誓作證，説出在罪案當晚所看到的事。
42. 他否認挪用公款而遭為期六個月的調查。
43. 反對團體質疑選舉的公平性。
44. 該名謀殺犯被處無期徒刑。

45 The **penalty** is very high for knowingly hiring an illegal immigrant.

46 The judge gave the arsonist six more months to his **jail** term.

47 The 40-year-old criminal was sentenced to 59 years in **prison**.

48 Car **theft** is very **common** in big cities.

Week
2nd

DAY
4th

45 penalty [`pɛnḷtɪ]	名 處罰；罰款；損失 → 動 penalize 處刑；（競賽中）處罰（犯規者）形 penal 刑事的
46 jail [dʒel]	名 拘留所；監獄 動 拘留；監禁
47 prison [`prɪzṇ]	名 監獄 → 動 imprison 關押；禁錮 名 imprisonment 監禁；限制
48 theft [θɛft]	名 竊盜 → 名 thief 小偷；竊賊
common [`kɑmən]	形 常見的；普通的；共通的 → 名 commonness 普遍；共通性 反 形 uncommon 不尋常的；傑出的

45. 故意任用非法移民的罰款非常高。

46. 法官判決縱火犯刑期再延長六個月。

47. 這名 40 歲罪犯被判坐牢 59 年。

48. 大城市中，汽車竊盜案件十分常見。

❶ **Industrial** output has dropped three percent.
❷ Charter flights are far more expensive than **commercial** airlines.
❸ The U.S. **economy** is expanding modestly.
❹ Last year, the price of domestic cars rose 4.5 percent while **inflation** rose just 2.4 percent.

❶ **industrial** [ɪnˈdʌstrɪəl]	形 產業的；工業用的；勞資的 → 動 industrialize 使工業化 　　名 industry 產業　形 industrious 勤勞的
❷ **commercial** [kəˈmɝʃəl]	形 商業的；營利本位的 → 動 commercialize 使商品化 　　名 commerce 商業；貿易
❸ **economy** [ɪˈkɑnəmɪ]	名 經濟；節約；（飛機的）經濟艙 → 形 economic 經濟上的 　　形 economical 節約的
❹ **inflation** [ɪnˈfleʃən]	名 通貨膨脹 → 動 inflate 充氣；膨脹；擴大 　　形 inflationary 通貨膨脹的

1. 工業生產減少 3%。
2. 包機費用遠比搭商用客機昂貴。
3. 美國經濟正小幅成長。
4. 去年，國內汽車價格上升 4.5%，但通貨膨脹率只不過 2.4%。

❺ This country's high-tech industry depends heavily on **multinational** corporations.

❻ Investors try to time their stock purchases based on **global** economic trends.

❼ The **merger** of two prominent communication companies left many people jobless.

❽ Our goal is to **market** this software to every family with a computer.

Week
2nd

DAY
5th

❺ **multinational** [ˋmʌltɪˋnæʃənḷ]	形 多國的；跨國的 名 跨國公司
❻ **global** [ˋglobḷ]	形 全球的 → 名 globe 球狀物；地球
❼ **merger** [mɝdʒɚ]	名（公司的）合併 → 動 merge 合併；同化
❽ **market** [ˋmɑrkɪt]	動 在（市場上）銷售 名 市場；銷路

5. 這國家的高科技產業非常仰賴跨國公司。
6. 投資人設法依據全球經濟趨勢，選擇購買股票的時機。
7. 兩家主要通訊公司的合併，造成許多人失業。
8. 我們的目標是將這軟體銷售至每一個有電腦的家庭。

9 We will be offering a free 30-day membership so that you can **sample** our services.

10 When you purchase one of our copiers, we **service** it for two years at no charge.

11 Her beverage **distributorship** has grown rapidly this year.

12 Will you please contact the travel **agency** and ask if they sell Caribbean tour packages?

9 sample [ˋsæmpl]	動 體驗；抽樣檢查；品嚐 名 樣品；試用品
10 service [ˋsɝvɪs]	動 為⋯⋯服務；（售後）維修保養 名 服務；幫助；宗教儀式 → 動 serve 服務；供應；任職
11 distributorship [dɪsˋtrɪbjətəʃɪp]	名 供應商；供應權 → 動 distribute 分配；散布 　名 distribution 分布；配給物
12 agency [ˋedʒənsɪ]	名 代辦處；仲介 → 名 agent 代理商；代理人；政府代表

9. 我們將免費提供 30 天會員資格，讓你們可以試用我們的服務。

10. 當你購買我們的影印機，我們會提供兩年免費售後服務。

11. 她的飲料供應商在今年迅速增加。

12. 可否請你聯繫旅行社，詢問有關加勒比海的套裝行程？

13 The car **dealer** promised us the lowest price in town.

14 Kmart Corp. is the second-largest **retailer** in this country.

15 Eliminate the **middleman** and market directly to avid consumers.

16 She hardly saw her father because he was a **merchant** who traveled often.

Week
2nd

DAY
5th

13 **dealer** [ˋdilə]	名 業者；商人；毒販 → 動 deal 發（紙牌）；處理；對付 名 交易
14 **retailer** [ˋritelə]	名 零售商 → 動 retail 零賣 名 零售 形 零售的
15 **middleman** [ˋmɪdl͵mæn]	名 中盤商；經紀人
16 **merchant** [ˋmɜtʃənt]	名 商人；零售商

13. 車商向我們保證，他們的價格為全鎮最低。
14. Kmart 公司是這國家的第二大零售商。
15. 排除中盤商，直接賣給有急需的消費者。
16. 她父親經商經常出差，所以她很難見得到他。

17 The red tag sale was designed with thrifty **shoppers** in mind.

18 I am a regular **patron** of this restaurant and I have never had such poor service.

19 Shopping at the **mall** is her favorite leisure activity.

20 The company **trademark** is printed on all of the company's products.

17 shopper [ˈʃɑpɚ]	名購物者 → 動shop 購物　名商店
18 patron [ˈpetrən]	名贊助者；主顧；守護神 → 名patronage 資助；惠顧
19 mall [mɔl]	名商店街；購物中心
20 trademark [ˈtredˌmɑrk]	名商標；特徵 動用商標註明；登記⋯⋯作為商標

17. 紅標特賣是為了節儉的消費者而設計。
18. 我是這家餐廳的老顧客，但我從沒看過這麼糟的服務。
19. 在購物中心消費是她最喜愛的休閒活動。
20. 該公司將商標印在所有的產品上。

㉑ I'm sorry, but this **product** is out of stock.
㉒ The meeting was **productive** because we outlined the terms of the agreement.
㉓ The **boss** is out for lunch but I can take a message.
㉔ Ask the **secretary** to give you the information on the new **retirement** plan.

Week
2nd

㉑ product [ˈprɑdəkt]	名 產品；成果；創作 → 動 produce 製造；生產 名 production 生產；製作	
㉒ productive [prəˈdʌktɪv]	形 有成效的；多產的；肥沃的	DAY 5th
㉓ boss [bɔs]	名 老闆；上司；領班 → 形 bossy 愛指揮他人的；跋扈的	
㉔ secretary [ˈsɛkrəˌtɛri]	名 祕書；書記；部長 → 形 secretarial 祕書的	
retirement [rɪˈtaɪrmənt]	名 退休；隱居 → 動 retire 退休；除役；撤退 名 retiree 退休人員	

21. 很抱歉，這項產品已經沒有存貨了。
22. 這次會議很有進展，因為我們規劃出協議條件的概要。
23. 老闆外出用餐，但我可以幫你留話給他。
24. 請向祕書索取有關新退休計畫的資料。

25 The senator was strongly **opposed** to the **military** action.

26 We would **troop** through the plant every day inspecting their work.

27 A **squad** of security officers is located around the vault.

28 There is a constant **war** between the departments over which one will get the new equipment.

25 oppose [ə`poz]	動 反對；使相對；使對抗 → 名 opposition 反對；意見相反；反對黨 　形 opposed 反對的
military [`mɪlə͵tɛrɪ]	形 軍事的；陸軍的 名 軍人；軍隊；陸軍
26 troop [trup]	動 群集；集合；（軍事）行進；成群結隊地走 名 部隊；一群
27 squad [skwɑd]	名 （軍隊）一班；小隊；小組
28 war [wɔr]	名 戰爭；對抗；衝突 → 名 warfare 交戰狀態；鬥爭

25. 該參議員堅決反對軍事行動。

26. 我們每天率領部下，巡視他們的工作。

27. 有一支安全部隊部署在金庫四週。

28. 部門間為了獲得新設備而持續對抗著。

29 Neither one of us wanted to **fight** out our differences in court.

30 In real life, actor Sam Wesley **battled** alcoholism.

31 In some countries, women in the military are assigned to **combat** missions.

32 The director verbally **attacked** the reporter for invading his private life.

Week
2nd

29 fight [faɪt]	動 打仗;搏鬥;打架;爭吵 名 戰鬥;爭論
30 battle [`bætl̩]	動 與……作戰;搏鬥 名 交戰;戰役
31 combat [`kɑmbæt]	名 戰鬥;格鬥 [`kɑmbɛt] 動 與……戰鬥;反對 → 名 combatant 戰士
32 attack [ə`tæk]	動 抨擊;攻擊;侵襲 名 進攻;責難;(疾病的)發作

DAY
5th

29. 我們雙方都不願以打官司解決歧異。

30. 在真實生活中,演員山姆・衛斯理必須與酗酒奮戰。

31. 在某些國家的軍中,女性被賦予戰鬥任務。

32. 該名主任嚴斥記者侵犯他的私生活。

⑬ The gunman was **armed** with a semiautomatic handgun.

⑭ Security cameras are an effective **weapon** against theft.

⑮ U.N. troops will **police** the buffer zone.

⑯ Utility stocks have become a **mighty** risky **investment**.

⑬ arm [ɑrm]	動 用武器裝備；配備　名 兵種；手臂 → 名 armament 軍事力量；戰備行動
⑭ weapon [ˋwɛpən]	名 手段；武器；凶器 → 名 weaponry 武器之總稱；軍備
⑮ police [pəˋlis]	動 守衛；為……配備警察 名 警方；公安
⑯ mighty [ˋmɪɑtɪ]	形 強有力的；巨大的 → 名 might 力量；威力；強權
investment [ɪnˋvɛstmənt]	名 投資額；投資物；投入 → 動 invest 投資；投入（時間、金錢）； 花錢買

33. 持槍者配有半自動手槍。
34. 監視器是對付竊案的有效辦法。
35. 聯合國部隊將維護緩衝地帶的治安。
36. 公用事業股票已經成為超高風險的投資。

37 Smart Tablet Inc. had a **strategy** to take over TechComm by gaining control of over 50 percent of the company's stock.

38 Many thanks for such a **useful** gift.

39 **Namely**, three people agree—Mr. Suzuki, Mr. Richmond, and Ms. Oman.

40 **Despite** several warnings about the faulty engines, the mission continued.

Week
2nd

DAY
5th

37 strategy [ˋstrætədʒɪ]	名 策略;戰略 → 形 strategic 戰略上的
38 useful [ˋjusfəl]	形 有用的;有幫助的 → 動 use 使用　名 用途 　　名 usefulness 有益;有效
39 namely [ˋnemlɪ]	副 即;就是 → 動 name 給……命名;提名　名 名稱
40 despite [dɪˋspaɪt]	介 儘管;任憑

37. 智慧平板有限公司以取得 50% 以上的股權,作為入主 TechComm 公司的策略。

38. 非常感謝這份實用的禮物。

39. 也就是說,有鈴木、李奇蒙與歐蒙三人贊成。

40. 儘管發出數次引擎故障的警告,任務仍繼續進行。

㊶ **Notwithstanding** his lack of job experience, we hired him because of his positive attitude.

㊷ **Nevertheless**, we were drawn into the dispute.

㊸ I do not completely agree with the plan, **nonetheless** it is the only one we have.

㊹ **Moreover**, the contract states that even less royalty will be paid to photographers.

㊶ **notwithstanding** [ˈnɑtwɪθˈstændɪŋ]	副 儘管;還是
㊷ **nevertheless** [ˌnɛvɚðəˈlɛs]	副 然而;不過
㊸ **nonetheless** [ˌnʌnðəˈlɛs]	副 但是;仍然
㊹ **moreover** [morˈovɚ]	副 並且;此外

41. 儘管他缺乏工作經驗,我們仍因他積極的態度而雇用他。

42. 然而,我們還是陷入爭論。

43. 我並不完全贊成這計畫,但它卻是我們僅有的計畫。

44. 更甚者,契約還指出,支付給攝影師的版稅會更少。

134

45 **Furthermore**, the adventure vacation fare is less expensive than the regular fare.

46 **Consequently**, the companies' costs are raised, ultimately translating into higher prices.

47 There is a 17-hour time difference, **hence**, the shipment will be delayed.

48 Unemployment has begun to rise, and **therefore** property values are falling.

Week
2nd

DAY
5th

45 furthermore [ˈfɝðəˈmor]	副 而且;此外;再者
46 consequently [ˈkɑnsəˌkwɛntlɪ]	副 因此;必然地 → 名 consequence 結果;重要性;推論 　　形 consequent 因……結果而引起的
47 hence [hɛns]	副 由此;從這時起
48 therefore [ˈðɛrˌfor]	副 因而;所以

45. 再者,有冒險活動的度假費用比一般度假便宜
46. 因此,公司的成本增加,最後導致價格上揚。
47. 由於有 17 個小時的時差,因此將延誤運送。
48. 失業率開始上升,所以資產價值縮水。

135

1 Safety procedures must be strictly **enforced**.

2 Is it possible to **analyze** the data by tomorrow?

3 His poor résumé will not give a good first **impression**.

4 We found the request for 700 jars of mayonnaise **unusual**.

1 safety [`seftɪ]	名 平安；安全設施 → 名 safe 保險箱　形 安全的
enforce [ɪn`fors]	動 實施；執行法律；強制 → 名 enforcement 執行；強制
2 analyze [`ænḷ͵aɪz]	動 分析；對……進行心理分析 → 名 analysis 分析；解析 　形 analytic 解析的；善於分析的
3 impression [ɪm`prɛʃən]	名 印象；印記；影響 → 動 impress 給……印象；銘刻；壓印 　形 impressive 令人印象深刻的
4 unusual [ʌn`juʒʊəl]	形 不尋常的；奇特的 → 名 unusualness 不平常；獨特 　反 形 usual 平常的

1. 必須嚴格執行安全設備的實施步驟。

2. 明天可以做資料分析嗎？

3. 他拙劣的履歷表將無法博得良好的第一印象。

4. 我們覺得，七百罐美乃滋的訂單很不尋常。

5 They are getting funds through other **channels**.

6 The bus **route** must be revised to accommodate the new street.

7 Adaptability is necessary to **succeed** in today's changing economy.

8 The new weight-loss herb has been a dietary **success** among its users.

Week
2nd

5 channel [ˈtʃænḷ]	图 途徑；頻道；航道；溝渠
6 route [raʊt]	图 路線；（郵件的）遞送區域 動 安排⋯⋯的路線
7 succeed [səkˈsid]	動 成功；獲得成效；發跡 → 形 successful 成功的 　　形 successive 連續的；相繼的
8 success [səkˈsɛs]	图 成就；成功的人或事物

DAY
6th

5. 他們從其他管道獲取資金。

6. 為納入新街道，公車路線必須修改。

7. 適應力是現今多變經濟環境下，必要的成功條件。

8. 新推出的減重藥草，帶給使用者成功的節食療效。

❾ The reporters fired questions in rapid **succession** at the spokesperson.

❿ Jason is the sole **heir** to his father's extensive estate.

⓫ He checks the stock market report **daily** to monitor his gains.

⓬ She increased her **monthly income** to $6,000.

❾ **succession** [sək`sɛʃən]	图 連續；一連串；接續
❿ **heir** [ɛr]	图 繼承人；子嗣
⓫ **daily** [`delɪ]	副 每日　形 每日的；日常的 → 图 day 日；工作日；白晝
⓬ **monthly** [`mʌnθlɪ]	形 每月的；每月一次的 → 图 month 月
income [`ɪn,kʌm]	图 所得；收益

9. 記者們向發言人發出連珠炮似的疑問。

10. 傑森是他父親龐大資產的唯一繼承人。

11. 他每日檢視股市報告，監控他的獲利。

12. 她使月薪增加至六千元。

⑬ The magazine is published **quarterly**.

⑭ Approximately 100 pieces of 18th **century** European jewelry will be available for viewing.

⑮ We are **constantly** searching for new ways to make your job easier.

⑯ Mr. Haze **regularly** participates in community service.

Week
2nd

DAY
6th

⑬ quarterly [ˋkwɔrtəlɪ]	副 一季一次地　形 按季的　名 季刊 → 名 quarter 季；四分之一； 　（美、加的）25分硬幣
⑭ century [ˋsɛntʃʊrɪ]	名 世紀；一百年 → 名 centennial 百年紀念　形 百年的
⑮ constantly [ˋkɑnstəntlɪ]	副 持續地；不變地 → 形 constant 固定的
⑯ regularly [ˋrɛgjələlɪ]	副 定期地；規律地 → 形 regular 定時的；習慣性的 　反 副 irregularly 不定時地

13. 這本雜誌是季刊。

14. 約有一百件來自 18 世紀歐洲的珠寶可供觀賞。

15. 我們持續地尋找能減輕你工作的新方式。

16. 黑茲先生定期參與社區服務工作。

17 The sign warned us not to follow too closely because the bus made **frequent** stops.

18 He keeps to himself and **rarely** attends any of the company's parties.

19 **Currently** there are only 200 of these cars available in the United States.

20 I'm **presently** employed by J.J. Wilks and Company.

17 frequent [`frikwənt]	形 頻繁的 [frɪ`kwɛnt] 動 時常出入於…… → 名 frequency 頻率；次數
18 rarely [`rɛrlɪ]	副 很少；難得；易乎尋常地 → 名 rarity 罕見；珍奇；稀疏 形 rare 稀少的
19 currently [`kɝəntlɪ]	副 現在；一般 → 名 currency 貨幣；流通 名 current 潮流　形 當前的
20 presently [`prɛzn̩tlɪ]	副 現在；不久 → 形 present 出席的；現在的 名 presence 在場；眼前

17. 這標誌警告我們要保持車距，因為公車經常會停靠站。

18. 他平時不多話，也很少參加公司任何聚會。

19. 這款車目前在美國只有 200 輛而已。

20. 我現在任職於 J.J. 威克斯公司。

21 Start saving for your **future** today by talking to one of our personal financial planners.

22 In the **past** we paid our speakers out of our allowance.

23 Best of **luck** with your project.

24 **Unfortunately** we won't be able to process your insurance claim until Monday.

Week
2nd

DAY
6th

21 future ['fjutʃə]	名 未來；前途　形 將來的 → 形 futuristic 未來學的
22 past [pæst]	名 昔日；往事 形 過去的；以前的
23 luck [lʌk]	名 運氣；好運 → 形 lucky 幸運的
24 unfortunately [ʌnˈfɔrtʃənɪtlɪ]	副 不幸地；遺憾地 → 名 misfortune 惡運，fortune 幸運 　　形 unfortunate 不幸的，fortunate 幸運的

21. 從今天開始為將來儲蓄，你可以諮詢本公司的個人理財規劃師。

22. 過去，我們以零用金支付講員費用。

23. 祝你的計畫成功。

24. 很遺憾地，我們得等到星期一才能辦理您的保險索賠。

25 The woman began to **scream** when she saw the accident.

26 The crowd **roared** as the ribbon was cut to celebrate the grand opening of the store.

27 He **howled** in pain when the car ran over his foot.

28 The guard dog **growled** at the intruders.

25 scream [skrim]	動 尖叫；大笑；放聲大哭 名 刺耳的聲音；尖叫
26 roar [ror]	動 喧嘩；呼喊；吼叫 名 喧鬧聲；嘯；怒號
27 howl [haʊl]	動 怒吼；嗥叫 名 嚎啕大哭
28 growl [graʊl]	動 （狗等）嗥叫；咆哮 名 嗥叫；咆哮；轟鳴聲

25. 這女士一看到意外事故就開始**尖叫**。
26. 這家店新開幕剪綵時，群眾**歡聲連連**。
27. 當車子輾過他的腳時，他痛得**大叫**。
28. 看守犬對著侵入者**嗥叫**。

㉙ His **vision** of the company's future is very clear.

㉚ You must **strip** off the old varnish before you can paint the chair.

㉛ Sale prices are listed in the two **columns** on the back of the **flyer**.

㉜ Animal rights activists are **boycotting** all products that have been tested on animals.

Week
2nd

DAY
6th

㉙ vision [`vɪʒən]	名 願景；洞察；憧憬；視力 → 形 visionary 有遠見的；想像的
㉚ strip [strɪp]	動 剝去；刪除；拆解
㉛ column [`kɑləm]	名 （文章的）欄；專欄；圓柱
flyer [`flaɪɚ]	名 （廣告）傳單；飛行物
㉜ boycott [`bɔɪ͵kɑt]	動 拒絕參加或購買 名 聯合抵制

29. 他對公司未來的願景十分明確。

30. 在你重新粉刷椅子前，你必須先除去舊漆。

31. 拍賣價目列於廣告單背面的兩欄中。

32. 動物權倡議者正聯合抵制所有拿動物作試驗的產品。

143

33 The **moral** of the story is that if you often tell lies, people won't believe anything you say.

34 He has a bad **habit** of biting his fingernails.

35 Our **backup** plan is to buy the property with a partner.

36 The cautious executive remained **silent** throughout the meeting.

33 moral [`mɔrəl]	名 道德上的寓意;品行;道德 形 道德的;教訓的
34 habit [`hæbɪt]	名 習慣;習性 → 名 custom 習俗;慣例
35 backup [`bæk͵ʌp]	形 備用的;支援的 名 備用物;備份
36 silent [`saɪlənt]	形 沉默的;未提及的;不活動的 → 名 silence 沉默;默哀

---

33. 這故事的教訓是,如果你常說謊,人們將不信任你的話。
34. 他有咬指甲的壞習慣。
35. 我們的備用方案是找共同出資人合買地產。
36. 謹慎的主管在會議上始終保持沉默。

37 She captivated the world with her intelligence, elegance, and **grace**.

38 A **gorgeous** woman named Ellen escorted us around the sports facility.

39 The wedding reception was held in an **elegant** ballroom in the Ritz Carlton Hotel.

40 The **grand** opening is scheduled for Saturday.

Week
2nd

37 grace [gres]	名 優雅；通情達理；風度；慈悲 → 形 graceful 優雅的
38 gorgeous [ˋgɔrdʒəs]	形 雍容的；華麗的；豪華的；美麗的 → 名 gorgeousness 華麗
39 elegant [ˋɛləgənt]	形 雅緻的；漂亮的；上品的 → 名 elegance（舉止、服飾、風格等的）優雅
40 grand [grænd]	形 盛大的；雄偉的

DAY
6th

---

37. 她的機智、優雅與慈悲，使全世界為之著迷。

38. 一位名叫愛倫的美麗女士陪我們參觀運動設施。

39. 婚宴會場安排在麗池‧卡爾頓飯店的一個雅緻舞廳。

40. 盛大開幕儀式排定於星期六舉行。

(143) ㉛ US・AU ㉜ CA・UK ㉝ US・AU ㉞ CA・UK

㊵ Because of his bankruptcy, he doesn't **warrant** further consideration for the loan.

㊷ Don't be **tricked** by our competitor's claim of lower prices.

㊸ The detailed, repetitive work **bored** him greatly.

㊹ More than 700 vehicles will be **displayed** at the auto show.

㊵ warrant [ˋwɔrənt]	動 授權給；批准；擔保 名 授權；委任書；搜查令 → 名 warranty 保證書；擔保
㊷ trick [trɪk]	動 哄騙；戲弄 名 詭計；騙局；花招；竅門 → 形 tricky 狡猾的；難處理的
㊸ bore [bor]	動 使厭煩；煩擾　名 令人厭煩的人 → 名 boredom 無聊；厭倦
㊹ display [dɪˋsple]	動 展示；表現；炫耀 名 展覽；陳列品；炫耀

41. 由於他破產，他不再擔保會考慮與貸款相關的事宜。
42. 我們別被對手的低價花招給騙了。
43. 這講求精細而又重覆性高的工作，令他感到極度厭煩。
44. 超過七百輛汽車將於車展中展示。

45 Entrepreneurs that really **shine** avoid risks.
46 **Spin** the knob three times clockwise to clear the lock.
47 His voice **echoed** in the empty office.
48 Can you **frame** the issue from the employee's **perspective**?

Week
2nd

45 shine [ʃaɪn]	動 出眾；發光；照耀 名 光澤；光亮；磨光 → 形 shiny 晴朗的；閃耀的
46 spin [spɪn]	動 旋轉；紡紗；（汽車）疾馳
47 echo [ˋɛko]	動 產生迴響；反射 名 回聲；迴響
48 frame [frem]	動 構築；塑造；表達 名 骨架；結構；框架
perspective [pɚˋspɛktɪv]	名 觀點；展望；透視圖法

DAY
6th

45. 真正傑出的企業家懂得避險。
46. 順時鐘方向轉動旋鈕三次可解開這個鎖。
47. 他的聲音迴響在空盪的辦公室。
48. 你能從員工觀點講解議題嗎？

BASIC VOCABULARY 1200

Week

3 rd

❶ There are no two fingerprints exactly **alike**.

❷ **Unlike** his predecessors, Barry has little interest in the ideas of his staff.

❸ **Likewise**, no new positions are expected to open.

❹ Ellen **likened** marriage and a family to slavery.

❶ **alike** [əˋlaɪk]	形 相同的；相像的 副 一樣地；類似地
❷ **unlike** [ʌnˋlaɪk]	介 和……不同 形 不同的；不相似的 → 介 形 like 和……一樣；諸如；相像的
❸ **likewise** [ˋlaɪk͵waɪz]	副 同樣地；照樣地
❹ **liken** [ˋlaɪkən]	動 把……比作

1. 沒有兩個指紋是完全相同的。

2. 不同於他的前輩，貝瑞對職員的意見不感興趣。

3. 同樣地，沒有新職位可望出缺。

4. 愛倫把婚姻與家庭比作奴隸制度。

5 I really **dislike** using those automated voice-messaging systems.

6 She **graduated** from Wellesley College with excellent grades.

7 As an **undergraduate** he served as the vice president of a fraternity.

8 He was interested in journalism even as a **freshman** in college.

5 dislike [dɪsˋlaɪk]	動 不喜歡；厭惡 名 不喜愛；厭惡
6 graduate [ˋɡrædʒʊˏet]	動 畢業；授與……學位 [ˋɡrædʒʊɪt] 名 大學畢業生 → 名 graduation 畢業；畢業典禮
7 undergraduate [ˏʌndəˋɡrædʒʊɪt]	名 大學部的學生
8 freshman [ˋfrɛʃmən]	名 （大學、高中部）一年級學生；新鮮人； 新手

Week
3rd

DAY
1st

5. 我實在厭惡使用自動語音留言系統。

6. 她以優異成績畢業於衛斯理學院。

7. 他在大學時，擔任兄弟會的副會長。

8. 當他還是大一新生時，就對新聞工作充滿興趣。

❾ In his **sophomore** year he was elected as vice president of the student council.

❿ Every two years the **curriculum** is updated to match technology advancements.

⓫ All of the students were enthusiastic at the beginning of the **semester**.

⓬ Incoming college freshmen were allowed to spend one night in the **dormitory**.

❾ **sophomore** [ˋsɑfmor]	名（大學、高中部）二年級學生 → 名 junior 三年級學生 　 senior 四年級學生
❿ **curriculum** [kəˋrɪkjələm]	名（學校的）全部課程；一門課程
⓫ **semester** [səˋmɛstɚ]	名 半學年；一學期
⓬ **dormitory** [ˋdɔrməˌtorɪ]	名 團體寢室；學生宿舍 → 名 dorm（口語）宿舍

9. 在大二那年，他當選學生會副主席。
10. 課程每兩年會因應科技發展而作修訂。
11. 所有學生在學期剛開始時，都非常有熱情。
12. 剛入學的新生得以在宿舍過一夜。

⑬ Many people are expected to attend the high school class of 1985 **reunion**.

⑭ The new applicant has an excellent **academic** record.

⑮ She is a well-known **scholar** in the field of genetic engineering.

⑯ Dr. Kirk is considered an **expert** on back and neck injuries.

⑬ **reunion** [rɪ`junjən]	名 重聚聯歡會；團聚；再結合 → 動 reunite 使再聯合；重聚
⑭ **academic** [ˌækə`dɛmɪk]	形 大學的；學術的；理論的 → 名 academy 學院；研究所；專科學校；學會
⑮ **scholar** [`skɑlə]	名 學者 → 名 scholarship 學術成就；獎學金 　 形 scholastic 學校的；學者的
⑯ **expert** [`ɛkspət]	名 專家；內行人 → 名 expertise 專門知識；專家鑑定

Week **3rd**

DAY **1st**

13. 預計將有很多人參加這所中學 1985 年度畢業班的同學會。

14. 該名新申請者具備傑出的學業成績。

15. 她在遺傳工程學界，是個頗負盛名的學者。

16. 克爾醫生是公認的頸、背傷害治療專家。

17 A pediatric **specialist** was called in to make a diagnosis of the child's condition.

18 In order to **educate** all employees on this matter, we have scheduled four training sessions.

19 Dr. Kramer will give a lecture on Oriental **philosophy**.

20 We studied the **theory** of supply and demand in economics class last year.

17 specialist [ˋspɛʃəlɪst]	名 專科醫生；專家 → 動 specialize 專攻；使特殊化 名 specialty 專長；特產 名 specialization 特別化 名 special 特殊　形 特別的
18 educate [ˋɛdʒə͵ket]	動 教育；培訓 → 名 education 訓練；教育程度 形 educational 有教育意義的
19 philosophy [fəˋlɑsəfɪ]	名 哲學；人生觀；原理 → 形 philosophical 哲理的
20 theory [ˋθiərɪ]	名 理論；學說 → 動 theorize 建立理論；推論 形 theoretical 理論的；假設的

17. 一名小兒科醫生被召來，替該名孩童的症狀作診斷。

18. 為了教育所有職員瞭解這內容，我們安排四堂訓練課程。

19. 克萊莫博士將作一次有關東方哲學的演講。

20. 我們去年在經濟課研讀供需理論。

21 **Scientific** evidence is used as the basis of many academic decisions.

22 **Mathematical** calculations helped determine the release date.

23 Many high-school graduates are unable to do basic **arithmetic**.

24 The **theme** of this year's exhibition is "The Spirit of Art."

21 scientific [ˌsaɪənˈtɪfɪk]	形 科學的；系統的 → 名 science 科學；專門的技術
22 mathematical [ˌmæθəˈmætɪkl̩]	形 數學的；精確的 → 名 mathematics 數學
23 arithmetic [əˈrɪθmətɪk]	名 計算；算術知識 [ˌærɪθˈmɛtɪk] 形 算術的
24 theme [θim]	名 主題；論題 → 形 thematic 主題的

Week **3rd**

DAY 1st

21. 科學證據是許多學術結論的基礎。

22. 數學推算幫助我們決定發表日期。

23. 許多中學畢業生不會基本算術。

24. 今年展覽主題為「藝術的精神」。

㉕ The **irony** is that he was kicked out of the company that he initially founded.

㉖ The luncheon was a **symbolic** meeting of reconciliation between the companies' CEOs.

㉗ We were all impressed with his **linguistic** ability since he had only been in the country for three months.

㉘ He was a very eloquent speaker and his **rhetoric** influenced many people.

㉕ **irony** [ˋaɪrənɪ]	名 具有諷刺意味的事；反語 → 形 ironic 諷刺的
㉖ **symbolic** [sɪmˋbɑlɪk]	形 象徵的；符號的 → 動 symbolize 象徵；用符號表示 　　名 symbol 象徵；標記 　　名 symbolization 象徵；記號表現
㉗ **linguistic** [lɪŋˋgwɪstɪk]	形 語言的　名【複數】語言學 → 名 linguist 語言學家
㉘ **rhetoric** [ˋrɛtərɪk]	名 修辭；辯才；辭令 → 形 rhetorical 修辭學的；誇張的

25. 諷刺的是，他竟被他一手建立的公司給解雇。
26. 這頓午餐是各公司執行長的象徵性調解會議。
27. 我們對他的語言能力印象深刻，因他來到這國家才三個月。
28. 他是個有說服力的演說家，而他的口才影響了許多人。

㉙ In order to expand his **vocabulary**, he studied the dictionary every day.

㉚ As a victim of the earthquake, he has a negative **psychological** response to the report of natural disasters.

㉛ Dr. Navon is an expert on **cell** biology.

㉜ Doctors said the birth defect was **genetic**.

㉙ **vocabulary** [vəˈkæbjəˌlɛrɪ]	图 字彙
㉚ **psychological** [ˌsaɪkəˈlɑdʒɪkl̩]	形 精神的；心理學的 → 图 psychology 心理學
㉛ **cell** [sɛl]	图 細胞；單人牢房；蜂巢 → 形 cellular 細胞組成的；多孔的；蜂巢式的
㉜ **genetic** [dʒəˈnɛtɪk]	形 遺傳的；起源的 → 图 gene 基因

Week
3rd

DAY
1st

29. 為了增加他的字彙量，他每日研讀字典。
30. 身為地震受害者，他對天然災害的報導充滿負面的心理反應。
31. 納翁博士為細胞生物學專家。
32. 醫生們表示，天生缺陷是遺傳的。

33 The environmentalist group is demanding the immediate closure of the **nuclear** power plant.

34 The construction of the world's largest **particle** accelerator will be completed in three months.

35 The **gravity** of the shipping situation was not clear until we reviewed the report.

36 His **flesh** began to crawl just thinking about the nasty bugs.

33 nuclear [`njuklɪɚ]	形 核心的;原子核的;原子能的 → 名 nucleus 原子核;細胞核;核心
34 particle [`pɑrtɪk!]	名 粒子;微粒;極小量
35 gravity [`grævətɪ]	名 嚴重性;重量;地心引力
36 flesh [flɛʃ]	名 肉體;果肉;獸肉;情慾

33. 環境保育團體要求立即關閉核能發電廠。
34. 世界上最大的粒子加速器將在三個月內完工。
35. 等到我們看到報告時,才知道貨運狀況的嚴重性。
36. 一想到令人作嘔的蟲類,他皮膚就開始起雞皮疙瘩。

37 Scientists are working hard to create a vaccine that will benefit all of **mankind**.

38 **Humans** are prone to errors.

39 A different **species** of the virus was discovered in Thailand.

40 What kind of **creature** could live in this hot desert?

37 mankind [mænˋkaɪnd]	名 人類
38 human [ˋhjumən]	名 人　形 凡人皆有的；有人性的 → 名 humanity 人性；人道；（總稱）人
39 species [ˋspiʃiz]	名 種類；形式
40 creature [ˋkritʃɚ]	名 生物；創造物；產物 → 動 create 創造；創建；設計 　 名 creation 創造；創作；宇宙

Week
3rd

DAY
1st

37. 科學家正努力製造出有益於全人類的疫苗。

38. 凡人皆會犯錯。

39. 有另一種類型的病毒在泰國被發現。

40. 何種生物能存活在這炎熱的沙漠？

41 Many medicines are derived from **botanical** substances.

42 The small **seed** would someday grow into a large maple tree.

43 The small business **blossomed** into a large company in just six years.

44 The flowers look and smell beautiful when they are in **bloom**.

41 botanical [boˋtænɪkl]	形 植物的 → 名 botany（總稱）植物；植物學
42 seed [sid]	名 籽；種子選手；根源 動 播種；結果實；去籽
43 blossom [ˋblɑsəm]	動 發展成；生長茂盛；開花 名 花；開花期；全盛時期
44 bloom [blum]	名 花；開花期；有利時期 動 花開；生長茂盛；興旺

41. 許多藥物是萃取植物原料而製成。

42. 有朝一日，這顆小種籽將長成巨大的楓樹。

43. 這家小公司僅用六年時間發展成大型企業。

44. 這花朵盛開時美不勝收，芳香怡人。

45 In that city, they fine you if you **chew** gum.

46 He **licked** the stamps and put them on the envelope.

47 He **gulped** his lunch down in five minutes and left for another meeting.

48 A spokesman for Genvax said it planned to **swallow** up Polar Vaccines, Inc. in an upcoming merger.

45 chew [tʃu]	動 咀嚼；深思
46 lick [lɪk]	動 舔舐；舔吃；（波浪）輕拍；（火焰）舌捲 名 舔；少量
47 gulp [gʌlp]	動 狼吞虎嚥地吃；大口地飲；哽住；抑制
48 swallow [ˋswɑlo]	動 吞併；吞嚥；耗盡

Week **3rd**

DAY **1st**

45. 在該市，嚼口香糖者會遭罰。
46. 他舔一下郵票，然後將之貼在信封上。
47. 他在五分鐘內匆忙吞食午餐，接著前往另一個會議。
48. 金維克斯公司發言人表示，該公司計畫在下一個合併案中，吞併「極地疫苗」公司。

1 Thank you for the wonderful **meal**.

2 Fresh seafood will be served at the **banquet**.

3 Three directors ate a lot at the **luncheon**.

4 **Dessert** looked delicious, but we were too full from dinner to eat it.

1 meal [mil]	名膳食;進餐
2 banquet [`bæŋkwɪt]	名盛宴;宴會 動參加宴會;宴請
3 luncheon [`lʌntʃən]	名午餐;(正式的)午餐會
4 dessert [dɪ`zɝt]	名甜點;餐後點心

1. 感謝您美味的菜餚。

2. 宴會上將供應新鮮的海產。

3. 三名主任在午餐會上吃了很多。

4. 餐後甜點看來很可口,可惜我們晚餐吃太飽而吃不下了。

5 Not many people eat **cereal** for breakfast in this country.

6 Please put the **leftover** pizza in the refrigerator for tomorrow's lunch.

7 His gift was a bottle of expensive **liquor**.

8 Can you tell me the **recipe** for that stew?

5 cereal [ˈsɪrɪəl]	名 穀類加工食品；玉米薄片；麥片 形 穀類的
6 leftover [ˈleftˌovɚ]	形 殘餘的；吃剩的 名 殘餘物；吃剩的飯菜
7 liquor [ˈlɪkɚ]	名 含酒精飲料；（美）烈酒；汁液
8 recipe [ˈrɛsəpɪ]	名 食譜；製作法；訣竅

Week **3rd**

DAY **2nd**

5. 在這國家，在早餐吃穀片的人並不多。
6. 請把吃剩的披薩放進冰箱，明天午餐時可食用。
7. 他收到的禮物是一瓶昂貴的酒。
8. 你能告訴我做這鍋燉肉的祕方嗎？

❾ We ordered pizza because everyone was **hungry**.

❿ The **thirsty** workers drank four gallons of water in two hours.

⓫ **Bake** pie on the bottom rack at 350°F for 15 minutes.

⓬ We **grilled** salmon and vegetables for dinner last night.

❾ **hungry** [ˈhʌŋgrɪ]	形 飢餓的；渴望的 → 图 hunger 飢餓；食慾；饑荒
❿ **thirsty** [ˈθɝstɪ]	形 口渴的；渴望的 → 图 thirst 口渴；渴望
⓫ **bake** [bek]	動 烘焙；燒硬；曬熱 图 烤；烘烤成的食品 → 图 bakery 麵包店；糕餅店；烘烤食品的總稱
⓬ **grill** [grɪl]	動（用烤架）烤（魚、肉等）；盤問 图 燒烤的食物

9. 我們訂披薩是因為大家都餓了。

10. 口渴的工人在兩小時內喝了四加侖的水。

11. 把派放置在底盤上，以華氏 350 度烘烤 15 分鐘。

12. 昨晚我們烤鮭魚和蔬菜作晚餐。

⓭ **Broil** the fish fillets for 10 minutes on each side.
⓮ I'll have **fried** chicken and a Coke, please.
⓯ Vegetables are **stewing** in a pot on the stove.
⓰ A pot of water is **simmering** on the stove.

⓭ broil [brɔɪl]	動 烤;曝曬 名 烤炙食品;灼熱
⓮ fry [fraɪ]	動 油炸;油煎;油炒 名 油炸物;炒菜;炸薯條
⓯ stew [stju]	動 (用文火)燉煮;悶熱冒汗 名 燉肉;燜菜;悶熱擁擠的環境
⓰ simmer [`sɪmɚ]	動 煨;燉;即將爆發

Week
3rd

DAY
2nd

13. 這些魚排每一面各烤 10 分鐘。
14. 請給我炸雞和一罐可口可樂。
15. 蔬菜正在爐火上熬煮。
16. 爐火正慢慢地在燒一鍋水。

17 **Boil** all tap water for 15 minutes before using it for cooking or drinking.

18 It's good for you to drink green tea made from **steamed** leaves.

19 **Whip** the cream cheese and powdered sugar until fluffy.

20 The chef **diced** and cooked the vegetables right at our table.

17 boil [bɔɪl]	動 煮沸；（沸騰至）起泡；使激動；激昂
18 steam [stim]	動 蒸煮；蒸發；用蒸汽開動；激怒 名 水蒸氣；精力；情緒的緊張
19 whip [hwɪp]	動 攪打……至糊狀；鞭打
20 dice [daɪs]	動 將（蔬菜等）切成小方塊 名 骰子；骰子狀小方塊

17. 在烹飪或飲用自來水之前，應先煮沸 15 分鐘。
18. 飲用蒸熟的茶葉所泡的綠茶，對你有益。
19. 攪打奶油乳酪和糖粉，直到它變得鬆軟為止。
20. 廚師就在我們餐桌上切蔬菜並加以烹煮。

21 The foods on the menu look **delicious**.

22 The candy store sells all kinds of chocolate and tempting **sweets**.

23 The food was a skillful blend of sweet and **sour**.

24 The soup was so **salty** that I couldn't eat it.

---

21 delicious [dɪˋlɪʃəs]	形 美味的;香噴噴的 → 名 deliciousness 美味;怡人
22 sweet [swit]	名 糖果;甜食 形 甜的;美味的;可愛的 → 動 sweeten 使變甜;降低酸性;變溫和 　　名 sweetener 糖精;甜頭
23 sour [saʊr]	名 酸味;心酸　動 變酸;發酵;變得不愉快 形 酸的;酸臭的;刻薄的 → 名 sourness 酸味;性情乖僻
24 salty [ˋsɔltɪ]	形 鹹味濃的;有鹽分的 → 名 salt 鹽;鹽類;風趣

Week
3rd

DAY
2nd

---

21. 菜單上的菜餚看起來很可口。

22. 糖果店販售各種口味的巧克力與誘人的甜食。

23. 這道菜很有技巧地混合甜、酸味。

24. 這道湯鹹到我根本喝不下。

㉕ The **flavor** of the coffee is exceptional.

㉖ First, you need to butter a **dish**.

㉗ He ordered a hamburger and a **plate** of French fries.

㉘ She piled the **platter** high with delicious pastries.

㉕ **flavor** [ˋflevɚ]	名 口味；風味；調味料 動 調味；給……增添風趣
㉖ **dish** [dɪʃ]	名 盤子；菜餚；餐具；碟型天線 動 盛……於碟中；成碟狀
㉗ **plate** [plet]	名 盤狀物；碟；一盤食物
㉘ **platter** [ˋplætɚ]	名 大淺盤；唱機轉盤；（棒球中的）本壘

25. 這咖啡的**味道**很獨特。

26. 首先，你需要在這**盤子**上塗上奶油。

27. 他點了漢堡與一**盤**薯條。

28. 她把**大盤**上的美味酥皮點心疊得高高的。

㉙ He placed his teacup back on the **saucer** and left the table.

㉚ There is a **tray** of Danish pastries on the table next to the coffee.

㉛ We put the leftover pizza in the **refrigerator**.

㉜ The **microwave** oven is a time-saver for reheating leftovers.

㉙ saucer [ˋsɔsɚ]	图茶托；淺碟型物；（放花瓶的）墊盤
㉚ tray [tre]	图托盤；一盤的量；（辦公桌上的）文件盒
㉛ refrigerator [rɪˋfrɪdʒəˏretɚ]	图冰箱；冷藏室 → 動refrigerate 使冷卻；冷藏 　图refrigeration 冷藏 　图fridge 電冰箱
㉜ microwave [ˋmaɪkrəˏwev]	图微波；微波爐

Week
3rd

DAY
2nd

29. 他把茶杯放回茶盤，然後離席而去。

30. 桌上有一盤丹麥酥餅放在咖啡旁邊。

31. 我們把吃剩的披薩放進冰箱。

32. 微波爐能快速加熱吃剩的菜餚。

33 Celery is high in **nutrition** and fiber, low in calories and fat.

34 This **fragrance** is the only item the company sells for women.

35 The **smell** of her fragrance lingered in the room after she left.

36 This tree has **aromatic** leaves and bears fragrant pink flowers in midsummer.

33 nutrition [njuˋtrɪʃən]	名 營養；營養物；營養學 → 名 nutrient 營養品　形 滋養的 　形 nutritious 有營養的
34 fragrance [ˋfregrəns]	名 香氣；香水 → 形 fragrant 芳香的
35 smell [smɛl]	名 氣味；嗅覺 動 嗅；聞到；聞起來有某種氣味（或跡象）； 發臭
36 aromatic [͵ærəˋmætɪk]	形 馨香的　名 芳香植物；芳香劑 → 名 aroma（植物、酒、菜肴等的）氣味； 風味

33. 芹菜富含營養與纖維質，而且是低熱量與低脂肪。

34. 這香水是該公司唯一販售的女性商品。

35. 在她離開後，她身上的香水味仍瀰漫在房中。

36. 這棵樹有馨香的葉子，並在盛夏時綻開粉紅色的香花。

③ **Brew** one cup of tea with two tea bags and sweeten with a touch of brown sugar.

③ The property **management** company sent a warning letter to the tenants about their dog.

③ The Single Parents Association is a nonprofit **organization** that helps single parents.

④ The new director **regimented** the entire department into production groups.

③ brew [bru]	動釀（酒）；泡（茶）；煮（咖啡） 名釀造或沖泡的飲料；口感 → 名 brewery 啤酒廠；釀造廠
③ management [ˈmænɪdʒmənt]	名 經營；處理 → 動 manage 管理；控制；安排 形 managerial 管理方面的
③ organization [ˌɔrgənəˈzeʃən]	名 組織；機構 → 動 organize 組織；使有條理 形 organizational 組織上的
④ regiment [ˈrɛdʒəmənt]	動 把……編成團 名 軍團；一大群

Week
3rd

DAY
2nd

---

37. 用兩個茶包泡一杯茶，並加上些許的紅糖。
38. 物業管理公司致函房客有關他們愛犬的事。
39. 單親家長協會是為幫助單親家長的非營利組織。
40. 新任主管將整個部門編成數個生產小組。

④① When the company **restructured**, many people lost their jobs.

④② The demographic **makeup** of the workforce is rapidly changing.

④③ The baseball strike nearly devastated the income of people working in the **shadow** of the sport.

④④ I worked **closely** with Mr. McNeal when he was in my section.

---

④① **restructure** [rɪ`strʌktʃɚ]	働 改組；重建；調整 名 改造
④② **makeup** [`mek͵ʌp]	名 構造；氣質；化妝；化妝品
④③ **shadow** [`ʃædo]	名 庇護；陰影；尾隨者　形 非正式的 働 遮蔽；變陰暗 → 形 shadowy 蔭涼的；幽暗的
④④ **closely** [`kloslɪ]	副 密切地；靠近地 形 close 接近的；緊密的；準確的

---

41. 當公司重組後，許多人失去工作。
42. 勞動力的人口結構正迅速變遷。
43. 職棒罷工造成靠運動相關行業謀生的民眾收入遽減。
44. 當麥克尼爾先生在我部門時，我與他有密切的合作。

⑮ The negotiating team is hoping to **hammer** out an agreement before they return to the United States.

⑯ Payments were arranged on a scale that would **slide** from small amounts to larger amounts.

⑰ She found a **ray** of hope in his encouraging words.

⑱ Mr. Shores took advantage of the **tide** of good fortune and bought many shares of the stock.

⑮ **hammer** [ˋhæmɚ]	動 錘打；接連敲打；徹底擊敗（對手） 名 鐵鎚；榔頭；槌狀物
⑯ **slide** [slaɪd]	動 滑動；滑入；陷入 名 滑行；下降；山崩；幻燈片
⑰ **ray** [re]	名 光線；輻射線；視線 動 放射出；顯出（智慧等）
⑱ **tide** [taɪd]	名 趨勢；潮流；潮汐 → 形 tidal 潮汐的；依照潮汐漲落的

Week
3rd

DAY
2nd

45. 談判小組希望在返美前敲定協議。

46. 付款等級是從小額到大額來排列。

47. 她從他鼓勵的言詞中，找到一線希望。

48. 修爾斯先生把握時運，大量買進股票。

❶ We checked the paper but there were no unfurnished **condominiums** to rent.

❷ We stayed at a lovely bed and breakfast **inn** when we visited Canada.

❸ We rented a **cottage** on the beach for the weekend.

❹ Log **cabins** in the mountains are available for rent during the summer months.

❶ **condominium** [ˌkɑndəˈmɪnɪəm]	名（美）各戶有獨立產權的公寓（大廈） → 名condo（非正式說法）各戶有獨立產權的公寓
❷ **inn** [ɪn]	名小旅館；客棧
❸ **cottage** [ˈkɑtɪdʒ]	名舍；小屋；（度假）別墅
❹ **cabin** [ˈkæbɪn]	名小屋；駕駛艙；客艙

1. 我們看了報紙，該地並無不附家具的公寓可出租。
2. 當我們去加拿大旅行時，住在一間提供早餐與臥房的舒適旅館。
3. 我們租了一間靠海的小別墅，在那裡度週末。
4. 在夏季時可租到山上的小木屋。

5 Numerous bottles of wine are stored in the wine **cellar**.
6 A chain-link **fence** **surrounds** the property.
7 Heavy rains made the **roof** leak.
8 Our dining room has a 10-foot **ceiling**.

5 cellar [ˋsɛlɚ]	图 地窖；地下室
6 fence [fɛns]	图 柵欄；籬笆 動 把……用柵欄圍起來；保衛
surround [səˋraʊnd]	動 圍繞；圈住；大量供給 → 图 surroundings 環境
7 roof [ruf]	图 屋頂；車頂；最高處
8 ceiling [ˋsilɪŋ]	图 天花板；頂篷；（價格、工資等）最高限度

Week
3rd

DAY
3rd

5. 酒窖裡存放著好多瓶酒。
6. 鐵絲網柵欄圍著這塊地產。
7. 豪雨造成屋頂漏水。
8. 我們的餐廳有十英尺高的天花板。

⑨ The dining room has built-in cabinets, oak **floors**, and two window seats.

⑩ She walked down the empty **hallway**.

⑪ Many people prefer **stair**-climbing machines to stationary bicycles at the fitness club.

⑫ The bedroom has a walk-in **closet**.

⑨ **floor** [flor]	名 地面;(樓房的)層;議員席;最低額
⑩ **hallway** [ˈhɔlˌwe]	名 玄關;門廳;走廊
⑪ **stair** [stɛr]	名 樓梯;階梯 → 名 staircase 樓梯間;樓梯
⑫ **closet** [ˈklɑzɪt]	名 壁櫥;小房間;密室 形 私下的;祕密的 動 把……關在密室;在密室會談

9. 這間用餐室有內建櫥櫃、橡木地板與兩個靠窗座位。

10. 她朝著空盪的玄關走去。

11. 在健身俱樂部,許多人比較喜歡登階機而非飛輪。

12. 這臥室有一間大衣帽間。

13 The **chimney** must be cleaned every year before we use the fireplace.

14 Every winter for safety reasons we inspect the **furnace** before we light it.

15 The **lawn** has become brown in the heat and needs watering.

16 The gardeners **mow** the lawns on Mondays.

13 chimney [ˋtʃɪmnɪ]	名 煙囪；玻璃燈罩；管狀裂口
14 furnace [ˋfɝnɪs]	名 火爐；暖氣爐；（工廠）熔爐 動 點燃（熔爐、暖爐）
15 lawn [lɔn]	名 草坪；草地
16 mow [mo]	動 刈草；刈麥

Week
3rd

DAY
3rd

13. 每年在使用火爐前，我們須先清理煙囪。

14. 為了安全，每年冬季在點燃暖爐前，我們會先進行檢查。

15. 在烈日下，草地變得枯黃，需要澆水。

16. 園丁每週一刈草。

17 The **grassy** area next to the swimming pool is reserved for picnics.

18 Police found Ms. Burke's five-year-old daughter sleeping on the **couch** in the house.

19 She has to stand on a **stool** to reach the top shelf in the closet.

20 Our office is so small that we have to put **partitions** between the desks for privacy.

17 grassy [ˈɡræsɪ]	形 長滿草的;草綠色的 → 名 grass 草;草坪
18 couch [kaʊtʃ]	名 長沙發;睡椅
19 stool [stul]	名 凳子;擱腳凳;馬桶;糞便
20 partition [parˈtɪʃən]	名 分隔物;部分;分割 動 分割;隔開

---

17. 游泳池旁的草坪預定為野餐區。

18. 警察發現柏克女士的五歲女兒睡在屋裡的沙發上。

19. 她必須站在凳子上,才能搆到壁櫥頂端的架子。

20. 我們的辦公室很小,因此必須在辦公桌間放**分隔版**以區分私人空間。

21 We called a plumber to fix the leaking **faucet**.

22 He slipped on the **rug** that was in front of the door.

23 A **blanket** is folded neatly at the foot of the bed.

24 We will be **remodeling** all of the offices on the third floor next year.

21 faucet [ˋfɔsɪt]	名 龍頭;旋塞;（連接管子的）承口
22 rug [rʌg]	名 （鋪於室內部分地面上的）小地毯
23 blanket [ˋblæŋkɪt]	名 毛毯;覆蓋物 形 總括的;全體的 動 以……覆蓋;掩蓋
24 remodel [riˋmɑdl̩]	動 重新塑造;改建;改製

Week
3rd

DAY
3rd

21. 我們請水電工修理漏水的水龍頭。

22. 他在門前地毯上滑倒。

23. 床尾有條摺疊整齊的毛毯。

24. 明年我們將改建三樓所有的辦公室。

25 The light came on when he **screwed** in a new light bulb.

26 Please **whisper** in the laboratory so that the scientists are not **disturbed**.

27 We have to get **rid** of export restrictions to increase our profits.

28 I know he is telling an **outright** lie because I saw the paperwork.

25 screw [skru]	動（螺旋形）轉動；（以螺絲）固定 名 螺絲；螺旋槳
26 whisper [ˋhwɪspɚ]	動 低語；背後議論 名 耳語；（樹葉）颯颯聲；傳言
disturb [dɪsˋtɝb]	動 打擾；妨礙；使心神不寧 → 名 disturbance 騷擾；不安
27 rid [rɪd]	動 使免除；使擺脫
28 outright [ˋaʊtˋraɪt]	形 徹底的；直率的 副 全然地；當場；立即

25. 當他栓上新燈泡後，電燈亮了。

26. 在實驗室請輕聲細語，以免打擾科學家們。

27. 我們必須擺脫出口限制以增加利潤。

28. 我當場就知道他在說謊，因為我已看過文件了。

29 She honked her **horn** at a person who was jaywalking.

30 You can **brush** your jacket off with this lint brush.

31 He **twisted** his ankle playing basketball and now has to walk on crutches for a week.

32 Some people believe that a **revolution** is the only way to bring about change in this country.

29 **horn** [hɔrn]	名 喇叭；觸鬚；號角；角
30 **brush** [brʌʃ]	動 刷淨；擦去；刷牙；梳頭髮 名 刷子；梳子；毛筆
31 **twist** [twɪst]	動 扭傷；絞；扭轉；歪曲 名 扭絞；扭傷；曲解
32 **revolution** [ˌrɛvəˈluʃən]	名 革命；大變革；（天體）運轉 → 動 revolve 旋轉；沿軌道轉 　　名 revolt 反叛；起義

Week
3rd

DAY
3rd

29. 她對不守規則橫越馬路的行人按喇叭。

30. 你可用這支絨布刷刷淨你的外套。

31. 他打籃球時扭傷腳踝，必須撐枴杖一星期。

32. 有些人深信革命是改變這國家的唯一方式。

33 Their **religion** dictates that they pray five times a day.

34 He often sought **spiritual** comfort in times of trouble.

35 Not another **soul** knew about the takeover.

36 Many people visit the **cathedral** in Rome.

33 religion [rɪˈlɪdʒən]	图 宗教；教派；信條；宗教生活 → 形 religious 宗教上的；虔誠的
34 spiritual [ˈspɪrɪtʃʊəl]	形 精神上的；宗教上的；超自然的 → 图 spirit 精神；心靈；情緒；時代潮流
35 soul [sol]	图 人；靈魂；熱情；精華；典範
36 cathedral [kəˈθidrəl]	图 大教堂

33. 他們的宗教規定他們每天祈禱五次。

34. 遇有困境時，他經常尋求精神上的慰藉。

35. 沒有其他人知道接收事宜。

36. 許多人到羅馬參觀大教堂。

37 The **temple** is a modern edifice that can be clearly seen from the freeway.

38 She went to the **cemetery** to place flowers on her father's grave.

39 Ms. Alberts followed the funeral procession to the **graveyard** where her father was to be buried.

40 The family visited the **tomb** on holidays.

37 temple [ˋtɛmpl̩]	名 神殿；宗教聚會的殿堂；廟宇	
38 cemetery [ˋsɛmə͵tɛrɪ]	名 墓園；公墓	
39 graveyard [ˋgrev͵jɑrd]	名 墓地	
40 tomb [tum]	名 墓穴；墓碑；葬身之地	

Week
3rd

DAY
3rd

37. 該廟宇造型現代雄偉，可從高速公路上清楚可見。

38. 她前往墓園，在她父親墳前獻花致意。

39. 艾爾柏小姐隨著葬儀行列前往埋葬她父親的墓地。

40. 這家人在假日時參觀該墓碑。

⓸① He tried to **bury** the report under a stack of papers on the desk.

⓸② We are **mournful** about the loss of your wonderful father.

⓸③ The president laid a **wreath** at the Tomb of the Unknown Soldier.

⓸④ The text is considered **sacred** and is not to be touched by anyone outside the faith.

⓸① **bury** [ˋbɛrɪ]	働 掩藏；埋葬；使沉浸 → 名 burial 埋葬；葬禮；墓地；棄絕
⓸② **mournful** [ˋmɔrnfəl]	形 憂傷的；悲切的；意志消沉的 → 働 mourn 哀悼；向……致哀
⓸③ **wreath** [riθ]	名 花圈；花冠；圈狀物
⓸④ **sacred** [ˋsekrɪd]	形 神聖的；不可侵犯的；莊嚴的

41. 他企圖以桌上的文件堆掩藏這份報告。
42. 令尊的過世，我們同感哀悼。
43. 總統在無名英雄的墓碑獻上花環。
44. 這本經文是神聖的，而且不許非信徒碰觸。

45 Police are looking for clues to explain the **mysterious** disappearance of the CEO's wife.

46 It's just another media-manufactured **myth**.

47 MedOp has become a medical **legend** because of its innovative treatments for cancer.

48 I **pray** this will not happen again.

45 mysterious [mɪsˋtɪrɪəs]	形 神祕的；不可思議的 名 mystery 神祕的事物；奧祕；推理小說
46 myth [mɪθ]	名 神話；沒有根據的論點 形 mythical 神話的；杜撰的
47 legend [ˋlɛdʒənd]	名 傳說；傳奇性（人物或故事） 形 legendary 傳說中的
48 pray [pre]	動 祈禱；祈求；懇求 名 prayer 禱告；祈禱文；請求

Week
3rd

DAY
3rd

45. 警方正尋找線索，以解開執行長妻子失蹤之謎。

46. 這又是一樁媒體虛構的神話。

47. 麥迪歐公司以其創新的癌症治療法，成為醫藥界的傳奇。

48. 我祈禱事情不會再度重演。

1 She wants the office **decorated** in a Victorian style.

2 The huge grandfather clock is an **ornament** in the bleak and dreary entryway.

3 You did a very **brave** thing.

4 I don't have the **courage** to tell him that he didn't get the promotion.

1 decorate [ˋdɛkə͵ret]	動 裝飾;布置;粉刷 → 名 decoration 裝飾 　 形 decorative 裝飾的;裝潢用的
2 ornament [ˋɔrnəmənt]	名 裝飾品;增添光彩的人（或物） 動 美化;裝飾
3 brave [brev]	形 勇敢的;壯觀的 → 名 braveness 英勇
4 courage [ˋkɝɪdʒ]	形 勇氣;膽量 → 動 encourage 鼓勵 　 動 discourage 勸阻 　 形 courageous 勇敢的

1. 她想把辦公室布置得具有維多利亞風格。
2. 這座巨大而古老的鐘,裝飾著陰冷而單調的入門通道。
3. 你做了一件非常勇敢的事蹟。
4. 我沒勇氣向他說出他並沒升官的消息。

5 Although I don't usually like political books, this one is **worthy** of my attention.

6 The **valuable** necklace will be auctioned tomorrow.

7 **Tension** was very high among workers as rumors of a merger spread throughout the company.

8 We must not allow the business to **sink** further into debt.

---

5 worthy
[ˈwɝðɪ]

形 配得上的；相稱的；足以……的
→ 名 worth 價值　形 有……的價值

---

6 valuable
[ˈvæljʊəbl̩]

形 貴重的；值錢的
→ 動 value 評價　名 價值

---

7 tension
[ˈtɛnʃən]

名 緊張；焦慮；緊張局勢
→ 動 tense 使拉緊　形 繃緊的

---

8 sink
[sɪŋk]

動 下沉；陷落；滲透
名 水槽；污水溝

Week
3rd

DAY
4th

---

5. 雖然我一向不喜歡政治書籍，但這本卻值得我注意。

6. 這條貴重的項鍊將於明天拍賣。

7. 當合併的謠言傳遍公司時，員工心情非常緊繃。

8. 我們不能讓公司陷入更深的債務危機中。

❾ Please call me at your earliest **convenience**.
❿ What date would **suit** you?
⓫ This location is not **suitable** for our business.
⓬ The new parts don't **fit** on the old machine and must be returned.

❾ **convenience** [kənˋvinjəns]	名 便利；合宜；便利的設施 → 形 convenient 方便的 反 形 inconvenience 麻煩；不便之處
❿ **suit** [sut]	動 適合；與……相配 名 （一套）衣服；訴訟
⓫ **suitable** [ˋsutəbl̩]	形 合適的；適當的 動 符合；相配；合身
⓬ **fit** [fɪt]	形 恰當的；能勝任的 → 反 形 unfit 不相配；不合宜的

9. 當你一有空時，請打電話給我。
10. 你認為哪一天合適？
11. 這地點不適合我們做生意。
12. 這些不適用舊機器的新零件必須退回。

⓭ Water will be off for two hours on Friday in this **section** of the building.

⓮ I don't have the **exact** change, so I will just give you one dollar.

⓯ Are these reports **accurate**?

⓰ **Excuse** me for cutting in.

⓭ **section** [ˋsɛkʃən]	名 區域；片段；部門；條款 → 形 sectional 部分的；章節的
⓮ **exact** [ɪgˋzækt]	形 確切的；精確無誤的 動 勒索 → 名 exactness 確切；精密
⓯ **accurate** [ˋækjərɪt]	形 準確的 → 名 accuracy 準確度 反 形 inaccurate 不精確的
⓰ **excuse** [ɪkˋskjuz]	動 原諒；辯解；免除 [ɪkˋskjus] 名 藉口；饒恕；請假條

Week
3rd

DAY
4th

13. 大樓的這一區供水將於星期五中斷兩小時。

14. 我沒有剛好的零錢，所以就付你一塊錢吧。

15. 這些報告正確嗎？

16. 請原諒我插隊。

17 Preservation of the **environment** has become a major concern for large corporations.

18 The **ecological** balance is being destroyed.

19 The company started a program three years ago to **recycle** paper, plastic, and aluminum.

20 I'd like to figure out some way to **harness** their energy.

17 environment [ɪnˈvaɪrənmənt]	名 環境；四周狀況 → 形 environmental 環境的
18 ecological [ˌɛkəˈlɑdʒɪkəl]	形 生態（學）的 → 名 ecology 生態學；生態環境
19 recycle [riˈsaɪkḷ]	動 再利用；再循環 名 回收
20 harness [ˈhɑrnɪs]	動 治理；利用；套上馬具

17. 環境保護已成為各大企業關切的主要議題。

18. 生態平衡遭到破壞。

19. 公司於三年前開始執行回收廢紙、塑膠與鋁製品的方案。

20. 我要設法善用他們的活力。

21 The family went on a three-day **wilderness** retreat for a vacation.

22 The scenery in the **mountainous** region was so beautiful.

23 Outdoor enthusiasts enjoy hiking and camping in the national **forests**.

24 The company is buying up orange **groves** in Orlando.

21 wilderness [ˋwɪldənɪs]	名 荒野；無人煙處
22 mountainous [ˋmaʊntənəs]	形 多山的；巨大的 → 名 mountain 山；山脈；堆積如山的東西
23 forest [ˋfɔrɪst]	名 森林
24 grove [groʊ]	名 果園；樹叢

Week
3rd

DAY
4th

21. 這家人以三天假期到荒野放鬆。

22. 這山區景色美極了！

23. 戶外活動愛好者喜歡在國家森林中健行與露營。

24. 這家公司正欲買下奧蘭多的橘子果園。

25 Engineers are meeting today to discuss the development of a new **sewage** system for the flood-stricken area.

26 Children are standing in line at the water **fountain**.

27 We saw gold fish swimming around in the **pond**.

28 Some might find it hard to believe that whales are **mammals**.

25 sewage [ˋsuɪdʒ]	名 污水;穢物
26 fountain [ˋfaʊntɪn]	名 噴水池;泉源;飲水機
27 pond [pɑnd]	名 池塘
28 mammal [ˋmæml̩]	名 哺乳動物

25. 工程師於今天開會,討論如何為淹水地區建立全新的污水處理系統。

26. 孩童們在噴水池前排成一列。

27. 我們見到池塘裡的金魚游來游去。

28. 有些人難以相信鯨魚是哺乳動物。

㉙ Her **insect** bite became red and swollen overnight.

㉚ Exterminators are experts at getting rid of **bugs**.

㉛ The **weather** is expected to be clear through the holiday weekend.

㉜ They could feel the **temperature** increase as they approached the desert.

㉙ **insect** [ˋɪnsɛkt]	名 昆蟲 → 名 pesticide 殺蟲劑
㉚ **bug** [bʌg]	名 昆蟲；微生物；故障
㉛ **weather** [ˋwɛðɚ]	名 天氣；暴風雨；處境 動 平安度過（危機）
㉜ **temperature** [ˋtɛmprətʃɚ]	名 氣溫；體溫 → 形 temperate 溫和的；溫暖的

Week
3rd

DAY
4th

29. 她被昆蟲咬傷的部位，隔夜後變得既紅又腫。

30. 驅蟲業者為清除害蟲的專家。

31. 整個週末假期將有晴朗的天氣。

32. 當他們接近沙漠時，感受到溫度上升。

33 Many people are drawn to the area because of the **tropical** climate.

34 Traffic becomes very congested when it's **rainy**.

35 It began to **drizzle** and the race proceeded under caution.

36 We expect some **showers** on Monday.

33 tropical [ˈtrɑpɪkl̩]	形 熱帶的；溼熱的 → 名 tropic 熱帶；回歸線
34 rainy [ˈrenɪ]	形 有雨的；多雨的；被雨淋濕的 → 動 rain 下雨　名 雨量
35 drizzle [ˈdrɪzl̩]	動 下毛毛雨　名 細雨
36 shower [ˈʃaʊɚ]	名 陣雨；大量傾注；淋浴 動 陣雨般落下

33. 許多人為了熱帶氣候而來到此地。

34. 雨天時，交通堵塞嚴重。

35. 天空開始飄起細雨，賽跑仍在謹慎監控下進行。

36. 星期一很可能下陣雨。

37 Let's buy an umbrella before this **mist** turns into hard rain.

38 When we came out this morning, the car was covered in **dew**.

39 The cold Minnesota **frost** covered the windows, making it hard to see.

40 The loud clap of **thunder** startled the executives.

37 mist [mɪst]	名 薄霧；水氣；朦朧 → 形 misty 霧氣覆蓋的；朦朧的
38 dew [dju]	名 露水；（淚）滴 動 結露水
39 frost [frɑst]	名 霜；冰凍；嚴寒 → 形 frosty 結霜的；嚴寒的；冷淡的
40 thunder [ˈθʌndɚ]	名 雷聲；轟隆聲；威嚇

Week
3rd

DAY
4th

---

37. 在薄霧轉成大雨前，我們趕緊買把傘吧。

38. 我們今早出門時，看到車子被一層露水覆蓋。

39. 明尼蘇達的冰霜把窗戶覆蓋得密不透光。

40. 雷聲巨響嚇到主管們。

41 **Sunny** weather will continue through the weekend.

42 It will be **cloudy** along the coast this morning but clear up by this afternoon.

43 The cold and **windy** weather will increase the sales of wind breaker jackets.

44 On **snowy** days traffic is severely congested.

---

41 **sunny**
[ˋsʌnɪ]

形 晴朗的；和煦的；樂觀的
→ 名 sun 太陽；陽光

42 **cloudy**
[ˋklaʊdɪ]

形 多雲的；陰天的；陰鬱的
→ 名 cloud 雲；雲狀物

43 **windy**
[ˋwɪndɪ]

形 多風的；刮風的
→ 名 wind 風；呼吸

44 **snowy**
[snoɪ]

形 下雪的；多雪的；似雪的
→ 名 snow 雪

---

41. 陽光普照的天氣將持續整個週末。

42. 今早的海岸將是多雲天氣，不過到了下午會放晴。

43. 寒冷而多風的天氣將增加擋風外套的銷售量。

44. 雪天的交通會嚴重堵塞。

45 The experienced pilot refused to fly the aircraft because of the **stormy** weather.

46 He only has a **foggy** idea of how to proceed.

47 **Melt** butter in a small saucepan.

48 After the performance the actors and actresses **bowed** to the audience.

45 stormy [ˋstɔrmɪ]	形 狂風暴雨的；激烈的 → 動 storm 起風暴　名 暴風雨
46 foggy [ˋfɑgɪ]	形 多霧的；模糊的 → 名 fog 霧；煙霧
47 melt [mɛlt]	動 融化；溶解；使消散
48 bow [baʊ]	動 鞠躬；順從

Week
3rd

DAY
4th

45. 由於暴風天氣來到，這位經驗豐富的飛行員拒絕起飛。

46. 他對進行的步驟只有**模糊的**構想。

47. 在平底鍋**融化**一些奶油。

48. 表演結束後，男女演員向觀眾**鞠躬**敬禮。

❶ We don't care if the baby is a boy or girl as long as it is **healthy**.

❷ A slow **recovery** from back surgery prevented him from returning to work.

❸ He was forced to take a leave of absence because of his **illness**.

❹ **Clinical** tests prove that this first-aid cream helps heal wounds faster.

❶ **healthy** [ˈhɛlθɪ]	形 健康的；有益的 → 名 health 健康（狀態） 　　反 形 unhealthy 不健康的
❷ **recovery** [rɪˈkʌvəɪ]	名 復原；恢復；復甦 → 動 recover 恢復原狀；重新獲得；彌補
❸ **illness** [ˈɪlnɪs]	名 生病；（身體）不適 → 形 ill 生病的；要嘔吐的
❹ **clinical** [ˈklɪnɪkl̩]	形 臨床的；診所的；客觀的 → 名 clinic 診所

1. 只要寶寶健康，是男是女都好。
2. 背部手術後的**復原**緩慢，使他無法回去工作。
3. 由於**生病**，他被迫請病假。
4. **臨床**試驗證明，這種急救藥膏能幫助傷口癒合得較快。

198

5 A well-known **surgeon** performed the operation on the famous actor.

6 The new **drug** is designed to kill the virus.

7 This **medication** must be taken with food or milk.

8 He popped two **tablets** into his mouth and swallowed them with water.

5 surgeon [ˈsɝdʒən]	名 外科醫生 → 名 surgery 外科；外科手術 　　形 surgical 外科的；手術的
6 drug [drʌg]	名 藥品；毒品
7 medication [ˌmɛdɪˈkeʃən]	名 藥物；藥物治療 → 動 medicate 用藥治療 　　名 medicine 內服藥；良藥
8 tablet [ˈtæblɪt]	名 藥片；小片；平板電腦 → 名 pill 藥丸，powder 藥粉， 　　ointment 藥膏

Week
3rd

DAY
5th

5. 一位知名的外科醫生為這位名演員動手術。

6. 這新研發的藥能殺死病毒。

7. 這藥物必須與食物或牛奶一起服用。

8. 他把兩顆藥錠丟進嘴裡，然後喝水吞下。

⑨ Mr. Morgan's son was rushed to the emergency room after being bitten by a **poisonous** snake.

⑩ Victims of the car accident were transported to the hospital by **ambulance**.

⑪ I have a terrible **headache**.

⑫ He couldn't come to work today because he was sick in bed with the **flu**.

⑨ **poisonous** [ˋpɔɪznəs]	形 有毒的；惡毒的；有害的 → 動 poison 使中毒 名 毒物
⑩ **ambulance** [ˋæmbjələns]	名 救護車
⑪ **headache** [ˋhɛd͵ek]	名 頭痛；令人頭痛的事
⑫ **flu** [flu]	名 流行性感冒

9. 摩根先生的兒子因遭毒蛇咬傷，被緊急送入急診室。

10. 車禍受害者由**救護車**送往醫院。

11. 我的**頭痛**欲裂。

12. 他因**流行性感冒**而臥病在床，今天無法上班。

⑬ She covered her mouth when she began to **cough**.

⑭ Many of the victims lay **bleeding**, waiting for help to arrive.

⑮ She had an **allergic** reaction to the medicine and had to be hospitalized.

⑯ It is very cold, and my hands are **numb**.

⑬ cough [kɔf]	動 咳嗽；咳出 名 咳嗽
⑭ bleed [blid]	動 出血；犧牲 → 名 blood 血液；血統；血氣
⑮ allergic [əˋlɝdʒɪk]	形 過敏的；對……反感的 → 名 allergy 過敏症；反感
⑯ numb [nʌm]	形 麻木的；發楞的 動 使失去感覺 → 名 numbness 麻木；驚呆

Week
3rd

DAY
5th

13. 她咳嗽時摀著嘴。

14. 許多受害者倒地血流不止，等待救援來到。

15. 她對該藥物過敏而必須住院。

16. 天氣真冷，我的雙手都麻木了。

⑰ **Smoking** is not permitted on board this aircraft.

⑱ Despite the fact that sunbathing can cause skin cancer, many people still want a **tan**.

⑲ She is in good shape because she **jogs** every morning.

⑳ Many people go to the gym for a **workout** during their lunch hour.

⑰ **smoking** [ˈsmokɪŋ]	图 冒煙；吸菸；煙燻 → 動 smoke 抽菸　图 煙霧
⑱ **tan** [tæn]	图 棕褐色；曬成的棕褐膚色
⑲ **jog** [dʒɑg]	動 慢跑；穩定進行；輕搖
⑳ **workout** [ˈwɝkˌaʊt]	图 運動；測驗；訓練

17. 飛機上禁止吸菸。

18. 無視於日光浴造成皮膚癌的事實，許多人仍想曬出棕色皮膚。

19. 她因每天晨跑而維持良好體態。

20. 許多人在午休時間到體育館運動。

㉑ People who overeat and don't exercise usually become **fat**.

㉒ We joined a **fitness** center last month so we can exercise for better health.

㉓ As a result of his **leadership** we were able to win the award for the best team effort.

㉔ The committee is reviewing his **background** to determine his qualifications for the job.

㉑ **fat** [fæt]	形 肥胖的；肥沃的 名 脂肪 → 形 fatty 肥胖的；油膩的
㉒ **fitness** [ˋfɪtnɪs]	名 健康；適合；體適能
㉓ **leadership** [ˋlidɚʃɪp]	名 領導才能；統御力；領導階層 → 動 lead 領導　名 領先地位
㉔ **background** [ˋbæk͵graʊnd]	名 背景；經歷；遠因 → 反 名 foreground 前景；最突出的位置

Week
3rd

DAY
5th

---

21. 多吃而不運動的人通常會發胖。

22. 為了鍛鍊身體，我們於上個月加入健身中心。

23. 由於他的**領導才能**，我們有資格贏得最佳團隊成果獎。

24. 為確認他有出任該職的資格，委員會正在複審他的經歷。

25 The book is being published on three **continents**.
26 The restaurant has an outside patio overlooking the **ocean**.
27 People flock to the **gulf** coast every winter.
28 Aquatic sports activities are being held at the **bay**.

25 continent [ˋkɑntənənt]	名 陸地；大陸；洲 → 形 continental 洲的；大陸性的
26 ocean [ˋoʃən]	名 海洋；……洋 → 形 oceanic 海洋的；廣闊無垠的
27 gulf [gʌlf]	名 海灣；鴻溝；（大寫）波斯灣
28 bay [be]	名 （海或湖泊的）灣

25. 這本書在三大洲發行。
26. 餐廳有一座可眺望海洋的露台。
27. 每到冬季，人們簇擁到海灣地區。
28. 水上運動正在湖灣區舉行。

㉙ The captain had to navigate the ship carefully through the **strait**.

㉚ The **canal** makes it possible for us to **irrigate** this land and grow crops.

㉛ We have a beautiful view of the ocean from the cottage on the **cape**.

㉜ The lighthouse on the **peninsula** guides sea craft safely to the dock.

㉙ **strait** [stret]	名 海峽；困境
㉚ **canal** [kəˋnæl]	名 運河；渠道；（體內的）管
irrigate [ˋɪrəˌget]	動 灌溉；使滋潤 → 名 irrigation 灌溉
㉛ **cape** [kep]	名 岬；海角
㉜ **peninsula** [pəˋnɪnsələ]	名 半島 → 形 peninsular 半島的；半島狀的

Week
3rd

DAY
5th

29. 船行過海峽時，船長必須謹慎導航。

30. 運河有助於我們灌溉田地並種植穀類。

31. 從位於海角的別墅望去，我們可看見美麗的海景。

32. 半島上的燈塔指引船隻平安入港。

33 Let's escape to a tropical **isle** this winter.
34 To date, we have invested $200 million in the **coastal** regions of China.
35 We will reach the **shore** by sundown.
36 Entering the harbor, the small boat **sailed** among the huge ships.

33 **isle** [aɪl]	名 小島 → 名 island 島嶼
34 **coastal** [ˋkostḷ]	形 海岸上的；沿海的 → 名 coast 海岸；沿岸地區
35 **shore** [ʃor]	名 海濱；海岸
36 **sail** [sel]	動 航行；開船；飄過 名 帆；船隻

33. 今年冬季我們到熱帶小島避寒吧。
34. 我們迄今已對中國沿海區的投資達兩億元。
35. 我們將於日落前到達海岸。
36. 該小船夾雜在大型船隻中，駛入海港。

37 The **voyage** to the great pyramids was a long but rewarding one.

38 You won a free **cruise** to the Bahamas.

39 **Anchor** the boat in the harbor.

40 At night we can hear coyotes howling in the **canyons**.

37 voyage [ˋvɔɪɪdʒ]	名 旅遊；航空；航海 動 航行；渡過
38 cruise [kruz]	名 （乘船）旅行；航遊 動 巡行；航遊；漫遊
39 anchor [ˋæŋkɚ]	動 拋錨泊船；使固定 名 船錨；支撐物
40 canyon [ˋkænjən]	名 峽谷；（高樓大廈間的）街道

Week
3rd

DAY
5th

37. 金字塔之旅雖漫長卻收穫豐富。

38. 你贏得免費乘船遊覽巴哈馬之旅。

39. 把船停泊在海港。

40. 到了晚上，我們聽到土狼在峽谷間嗥叫著。

④ A lighthouse sits atop a **cliff**.
④ The salesman was **bitten** by the dog.
④ His naive decision was made in **pure** innocence.
④ Jim Carlson will be your **host** at the conference.

④ cliff [klɪf]	名 懸崖;峭壁 → 形 cliffy 多峭壁的;險峻的
④ bite [baɪt]	動 咬;啃;蜇 名 叮咬;一口之量
④ pure [pjʊr]	形 純淨的;潔白的;完全的 → 動 purify 淨化;提煉 名 purity 純淨;純潔 反 形 impure 不純的
④ host [host]	名 主持人;東道主 動 主持;以主人身分接待

41. 燈塔矗立在斷崖頂端。
42. 推銷員被狗咬了。
43. 他天真的決定是出於純然的無知。
44. 金・卡爾森將為您主持討論會。

⑮ Computer technologies are advancing so **rapidly** that it is hard to keep up.

⑯ The flight was **smooth** and pleasant.

⑰ A charity banquet will be sponsored by the Cancer Research **Foundation** this Thursday at La Mirage Hotel.

⑱ The **flames** consumed the building before fire fighters arrived.

⑮ rapidly [ˋræpɪdlɪ]	副 迅速地；立即 → 名 rapidity 急速 　形 rapid 迅速的；險峻的
⑯ smooth [smuð]	形 平穩的；光滑的；流暢的 動 使平滑；均勻塗抹
⑰ foundation [faʊnˋdeʃən]	名 基金會；基礎；粉底霜 → 動 found 建立；創辦
⑱ flame [flem]	名 火焰；光芒；熱情

Week
3rd

DAY
5th

45. 電腦科技進步飛快，實在很難跟得上。

46. 這趟飛行平穩而舒適。

47. 慈善餐會將由癌症研究基金會贊助，並於本週四在拉摩拉飯店舉行。

48. 在消防員趕到前，大火燒毀了整棟大樓。

❶ She went to the spa for a **facial** massage.
❷ He writes much better than his **oral** presentations.
❸ Few companies offer their employees **dental** insurance.
❹ His **skin** was covered with a rash.

❶ **facial** [ˈfeʃəl]	形 臉部的；表面的 → 動 face 面對；面臨　名 臉；面子
❷ **oral** [ˈorəl]	形 口頭的；口述的
❸ **dental** [ˈdɛntɪl]	形 牙齒的；牙科的
❹ **skin** [skɪn]	名 皮膚；外殼 動 剝皮；去殼 → 形 skinny 皮包骨的

1. 她到美容中心作**臉部**按摩。
2. 他的文筆優於**口才**。
3. 提供員工**牙齒**健保的公司很少見。
4. 他的**皮膚**長滿疹子。

5 She was admitted to the emergency room with acute **stomach** pain and vomiting.

6 He ate so much that his **belly hurt**.

7 He injured his left calf **muscle** in training yesterday.

8 She broke her **wrist** in a skating accident last winter.

5 stomach [ˈstʌmək]	名 胃；（口）腹部
6 belly [ˈbɛlɪ]	名 肚子；小腹
hurt [hɝt]	動 疼痛；危害；造成傷害 名 傷；痛 → 形 hurtful 有害的
7 muscle [ˈmʌsḷ]	名 肌肉；體力 → 形 muscular 肌肉發達的
8 wrist [rɪst]	名 手腕；腕關節 → 名 ankle 足踝；踝關節

Week
3rd

DAY
6th

5. 她因劇烈胃痛和嘔吐而被送進急診室。

6. 他飲食過量導致腹痛。

7. 他昨天訓練時，傷到左小腿肌肉。

8. 去年冬季，她因溜冰意外而摔斷手腕。

❾ The protester shook his **fist** at the senator.

❿ She picked the baby up and sat him in her **lap**.

⓫ Dr. Thomas **combed** his hair and brushed his teeth before the plane landed.

⓬ He sometimes **shaves** with **disposable** razors.

❾ **fist** [fɪst]	图拳頭；掌握
❿ **lap** [læp]	图大腿；（操場）一圈；（旅程）一段
⓫ **comb** [kom]	動梳理；徹底檢查 图梳子；毛刷
⓬ **shave** [ʃev]	動修面；剃毛 图刮鬍刀；修臉
disposable [dɪˋspozəbl̩]	形用完即丟的；可隨意處理的 → 動 dispose 配置；處理 图 disposal 處置；出售

9. 該名抗議者朝參議員揮拳。

10. 她抱起嬰兒放在大腿上。

11. 在飛機降落前，湯瑪斯博士梳理頭髮並刷牙。

12. 他有時使用拋棄型剃刀刮鬍子。

⑬ His **mustache** is trimmed neatly around his upper lip.

⑭ No one recognized him when he shaved off his **beard**.

⑮ He had not shaved in days and we could see **whiskers** on his face.

⑯ The **climax** of her singing career was the third album that went platinum.

⑬ mustache [ˋmʌstæʃ]	名 髭;小鬍子
⑭ beard [bɪrd]	名（下巴的）鬍子;山羊鬍
⑮ whisker [ˋwɪskɚ]	名 頰鬚;小鬍鬚
⑯ climax [ˋklaɪmæks]	名 頂點;高潮 動 達到頂點

Week
3rd

DAY
6th

---

13. 他上唇的鬍鬚修整得很乾淨。

14. 當他把鬍子剃乾淨後，沒人認得出他。

15. 他幾天沒刮鬍子，臉頰長滿鬍碴。

16. 她的歌唱事業在第三張專輯銷售達白金紀錄時，達到巔峰。

⑰ He reached the **summit** of his career when he was only 42 years old.

⑱ Please don't call during our **peak** hours between 10:00 a.m. and 2:00 p.m.

⑲ We were surprised that he made his decision in an **instant**.

⑳ I will be with you in just a **moment**.

⑰ **summit** [ˋsʌmɪt]	图 峰頂；最高階級
⑱ **peak** [pik]	图 高峰；最高點 動 聳起；使成峰狀
⑲ **instant** [ˋɪnstənt]	图 頃刻 形 立即的；緊迫的；即時的 → 图 instance 例子；場合 　　形 instantaneous 瞬間的
⑳ **moment** [ˋmomənt]	图 片刻；時機 → 形 momentary 短暫的；隨時會發生的

17. 當他只有 42 歲時，事業達到頂點。
18. 上午 10 點到下午 2 點為我們的巔峰時間，請勿撥電話進來。
19. 我們很驚訝他這麼快就下了決定。
20. 我稍後就來。

> 21 I will type this up and get it back to you in a **flash**.
> 22 **Shortly** after the marketing director took over, 20 advertisements were placed in trade journals.
> 23 His **sudden** resignation surprised the employees.
> 24 We must take **immediate** action to begin resolving our company's **fiscal** problems.

21 flash [flæʃ]	名 瞬間；閃光 動 閃爍；閃現；反射
22 shortly [ˈʃɔrtlɪ]	副 不久；扼要地
23 sudden [ˈsʌdn̩]	形 突然的；迅速的 → 名 suddenness 忽然；意外
24 immediate [ɪˈmidɪɪt]	形 立即的；緊接的
fiscal [ˈfɪskl̩]	形 會計的；國庫的；財務的

Week
3rd

DAY
6th

21. 我馬上就打字，稍後就交還給你。
22. 行銷主任接手沒多久，就為同業雜誌拉到 20 個廣告。
23. 他突然的辭職令員工大感意外。
24. 為了解決公司財務問題，我們必須立刻採取行動。

25 The bay is **dotted** with sailboats.

26 He spends the weekends at his **ranch** in the countryside.

27 His enthusiasm **pumped** up his employees' motivation.

28 Her **gentle** voice calmed the distraught patient.

25 **dot** [dɑt]	動 布滿;在……打點 名 點;小數點
26 **ranch** [ræntʃ]	名 大牧場;農場
27 **pump** [pʌmp]	動 打氣;抽水;灌注 名 泵;抽取
28 **gentle** [ˋdʒɛntl̩]	形 和善的;溫順的;有教養的;溫柔的 → 名 gentleness 和善;有禮 形 genteel 彬彬有禮的

25. 帆船**布滿**了海灣。

26. 他的週末在他的鄉間農場裡渡過。

27. 他的熱情激勵員工士氣。

28. 她**輕柔**的聲音安撫了暴躁的病人。

216

㉙ You can expect some **mild** side effects from taking this medication.

㉚ **Clement** weather conditions permitted us to complete the construction quickly.

㉛ **Cultural** differences can bring communication to a rapid halt.

㉜ He **gestured** with his hand and the waiter quickly left the room and returned with dessert.

㉙ mild [maɪld]	形 輕微的；溫柔的；溫暖的 → 名 mildness 和善；溫暖
㉚ clement [ˈklɛmənt]	形 溫和的；仁慈的 → 名 clemency 寬厚；溫和 　反 形 inclement 天氣險惡的
㉛ cultural [ˈkʌltʃərəl]	形 文化的；修養的 → 動 cultivate 教化；栽培 　名 culture 文化
㉜ gesture [ˈdʒɛstʃɚ]	動 做手勢；用動作示意 名 姿態；手勢

Week
3rd

DAY
6th

29. 服藥後，你會感到輕微的副作用。

30. 溫和的天氣讓我們得以盡快完成這一建築。

31. 文化差異可能造成溝通迅速中斷。

32. 看到他的手勢，服務生立刻出來並端上甜點。

33 Her **dramatic** speech for the charity persuaded many to donate money.

34 For the **sake** of the customer, we must completely support our product after the sale.

35 We could not sleep because the neighbor's dog **barked** all night.

36 We sent representatives to **scout** the downtown area for a possible new location.

33 dramatic [drə`mætɪk]	形 充滿激情的；戲劇性的 → 動 dramatize 以戲劇表現　名 drama 戲劇
34 sake [sek]	名 目的；緣故；利益
35 bark [bɑrk]	動 吠叫；厲聲說話
36 scout [skaʊt]	動 物色；觀察；偵察　名 偵察；（球、星）探；童子軍

33. 她在慈善宣傳中的激情演講，説服許多人捐款。

34. 基於服務消費者，我們必須提供完整的售後服務。

35. 鄰居的狗狂吠整夜，我們根本睡不著。

36. 我們派代表到市中心物色合適的新據點。

37 We adopted our dog from the local animal **shelter**.

38 His knowledge of marketing **rivals** that of his boss.

39 The military government **harbored** those guerillas within its territory.

40 **Punch** three holes on the left side of the papers and place them in the binder.

37 shelter [ˈʃɛltɚ]	名 收容所；避難所；庇護 動 庇護；避難
38 rival [ˈraɪvl̩]	動 與……匹敵；競爭 名 對手；匹敵者 → 名 rivalry 競爭；對抗
39 harbor [ˈhɑrbɚ]	動 庇護；躲藏；入港停泊 名 港灣；避難所
40 punch [pʌntʃ]	動 在……打洞；用拳猛擊 名 打孔機

Week
3rd

DAY
6th

37. 我們的狗是從本地動物收容所認養而來的。

38. 他的行銷學知識可與他的上司匹敵。

39. 該軍人政府把游擊隊藏匿於其領土內。

40. 在這些文件左邊打三個洞，然後收入文件匣裡。

41 This sales **curve** is quite similar to those of high-end products.

42 **Rub** your finger over the finger print scanner for identification purposes.

43 We were in the control laboratory for only a brief **period** before we toured the office suites.

44 The collected paintings **span** the period from 1930 to 1999.

41 curve [kɝv]	名 弧線；曲線球 動 使彎曲；曲線進行
42 rub [rʌb]	動 磨擦；擦上
43 period [ˋpɪrɪəd]	名 期間；時代 → 名 periodical 期刊　形 週期的
44 span [spæn]	動 橫跨 名 一段時間；跨度；全長

41. 這條銷售曲線與高檔商品的曲線非常相似。
42. 為了辨識身分，用你的手指在手印掃描機上按一下。
43. 在參觀辦公室樓層前，我們在控制實驗室短暫停留。
44. 這些收藏的畫作時代橫跨 1930 至 1999 年。

㊺ No one on our staff has a **permanent** position.

㊻ Despite their many differences, they became **lifelong** friends.

㊼ It takes **forever** to get through the process.

㊽ Mr. Rothchild likes to **whistle** when he is **nervous**.

㊺ permanent [ˋpɝmənənt]	形 永久的；固定的 → 名 permanence 持久
㊻ lifelong [ˋlaɪfˏlɔŋ]	形 終生的
㊼ forever [fɚˋɛvɚ]	名 永恆 副 永遠；不斷地
㊽ whistle [ˋhwɪsḷ]	動 吹口哨；鳴笛 名 口哨；汽笛；警笛
nervous [ˋnɝvəs]	形 緊張的；神經質的；不安的 → 名 nervousness 神經質 名 nerve 神經

Week
3rd

DAY
6th

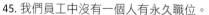

45. 我們員工中沒有一個人有永久職位。

46. 縱使相異處甚多，他們還是成為終生的朋友。

47. 這個程序永無止盡。

48. 羅斯柴爾先生緊張時，喜歡吹口哨。

BASIC VOCABULARY 1200

Week

4th

❶ Only 60 percent of the respondents answered the questions **correctly**.

❷ The **interior** office is quiet and secluded.

❸ You are required to use **internal** procedures before going outside of the company.

❹ The decision was **heavily** weighted on political factors rather than merit.

❶ **correctly** [kə`rɛktlɪ]	副 正確地 → 動 correct 糾正　形 正確的 名 correction 修正
❷ **interior** [ɪn`tɪrɪɚ]	形 內側的；內陸的；內政的 名 內部；內陸；屋內 → 反 形 exterior 外部的；外表
❸ **internal** [ɪn`tɝnḷ]	形 內部的；國內的；固有的 → 反 形 external 外界的；外用的
❹ **heavily** [`hɛvɪlɪ]	副 沉重地；猛烈地 → 形 heavy 沈重的

1. 只有 60% 的應答者寫對了答案。

2. 內側的辦公室安靜而隱密。

3. 你必須依照內部程序辦理後,才能離開公司。

4. 作這決定所考量的政治因素大於本身利益。

5 It is difficult to **pronounce** the foreign executive's name.

6 In order to participate in the lifeguard program you must be able to swim, **dive**, and tread water.

7 Parking in the business district is such a **hassle**.

8 The path up the mountain is **steep** and **rocky**.

5 pronounce [prəˈnaʊns]	動 發音；宣稱；宣判 → 名 pronunciation 發音 　名 pronouncement 宣言
6 dive [daɪv]	動 潛水；跳水；俯衝 名 跳水；潛水；急遽下降
7 hassle [ˈhæsl̩]	名 麻煩；困難 動 找麻煩
8 steep [stip]	形 陡峭的；不合理的 → 名 steepness 險峻；陡峭
rocky [ˈrɑkɪ]	形 多岩石的；困難的；鐵石心腸的 → 名 rock 岩石；鑽石

Week
4th

5. 國外主管的名字很難發音。
6. 為了參加救生課程，你必須會游泳、潛水和踏水行走。
7. 在商業區找車位實在很困難。
8. 登山的路徑既陡峭又障礙重重。

DAY
1st

⑨ We can see a continuing downturn in the business **cycle**.

⑩ On the **eve** of the grand opening, the store will be giving out free T-shirts.

⑪ We hope to **construct** a new factory on the Mexican border in the fall.

⑫ The graph indicates a sharp upward **slope** in consumer spending.

⑨ **cycle** [ˈsaɪkl̩]	名 循環；週期 動 循環；輪轉
⑩ **eve** [iv]	名 前夕；前一刻
⑪ **construct** [kənˈstrʌkt]	動 建設；構成 → 名 construction 建築物；建設 形 constructive 建設性的；結構的
⑫ **slope** [slop]	名 傾斜；坡度；斜率；坡面 動 傾斜；使傾斜

9. 我們可看到景氣**循環**出現持續性衰退。

10. 在新開幕**前夕**，這家店將送出免費短袖衫。

11. 我們計畫秋季在墨西哥邊界設立新工廠。

12. 圖表顯示消費者支出急遽上升。

⑬ The **ambassador** to Kuwait was greeted with a welcoming reception.

⑭ The American **embassy** was notified after the arrest was made.

⑮ News reporters questioned the **chief** of police about the murder suspect.

⑯ The patrol **officer** asked for her driver's license and proof of insurance.

⑬ **ambassador** [æmˋbæsədɚ]	名 大使;使節;特使
⑭ **embassy** [ˋɛmbəsɪ]	名 大使館;使節團
⑮ **chief** [tʃif]	名 首長;長官;酋長 形 為首的;主要的
⑯ **officer** [ˋɔfəsɚ]	名 警官;官員;公務員 → 名 official 官員　形 官方的;正式的

Week
4th

13. 去科威特的**大使**受到歡迎款待。

14. 逮捕行動完成後,美國**大使館**才得到通知。

15. 新聞記者詢問**警長**有關謀殺嫌犯的消息。

16. 巡邏**警官**要求她拿出駕照與保險證明。

DAY
1st

⑰ We haven't **officially** notified him yet that he got the job.

⑱ These directions are very **complicated**.

⑲ I was invited to a **casual** lunch.

⑳ Since the dinner meeting is **informal**, casual attire is appropriate.

⑰ **officially** [əˋfɪʃəlɪ]	副 正式地；官方地
⑱ **complicated** [ˋkɑmpləˏketɪd]	形 複雜的；難懂的 → 動 complicate 使複雜化 　 名 complication 混亂；複雜
⑲ **casual** [ˋkæʒʊəl]	形 不拘禮節的；碰巧的；不定期的 → 名 casualness 隨便；漫不經心
⑳ **informal** [ɪnˋfɔrml̩]	形 非正規的；通俗的；口語的 → 名 informality 不拘禮節 　 反 形 formal 正式的；形式的；有條理的

17. 我們尚未正式通知他被錄取了工作。
18. 這些指示十分複雜難懂。
19. 我受邀參加一個非正式午餐。
20. 由於晚餐會為非正式場合，穿著便服即可。

㉑ He **beamed** with pride as he accepted the reward.
㉒ George Manning is the author of the **newly** published book *Media Education*.
㉓ It sounds **unbelievable**, but I can prove it.
㉔ I hate to **dash** out the door in such a hurry, but I'm late for work.

㉑ **beam** [bim]	動 流露；向……發送 名 樑；光束；喜色
㉒ **newly** [`njulɪ]	副 最近；新地 → 形 new 新的
㉓ **unbelievable** [ˌʌnbɪ`livəbḷ]	形 難以置信的；驚人的 → 動 believe 相信；認為 　 名 belief 信念
㉔ **dash** [dæʃ]	動 急奔；猛砸 名 急衝；挫折；少量

Week

4th

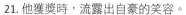

21. 他獲獎時，流露出自豪的笑容。
22. 喬治‧曼寧為新書《媒介教育》的作者。
23. 它聽起來難以置信，但我可以證明它。
24. 我不喜歡這麼匆忙出門，但我上班要遲到了。

DAY

1st

25 The letter "M" is also a Roman **numeral** for the number 1,000.

26 **Overall**, the State Department has clear policies on how embassies handle emergencies.

27 We hear the president may disband the board **altogether**.

28 He **slapped** his hands together and laughed loudly.

25 numeral [ˋnjumərəl]	名 數字　形 數的 → 動 number 編號；為數有限　名 數字 　形 numerical 數字的；數值的
26 overall [ˋovɚ͵ɔl]	副 大體上；從頭到尾 形 總的；全面的
27 altogether [͵ɔltəˋgɛðɚ]	副 完全；合計；總而言之
28 slap [slæp]	動 拍擊；摑 名 掌擊；拍打

25. 字母「M」也是代表 1,000 的羅馬數字。
26. 總體而言，美國國務院對駐外使館處理緊急事件上，持有明確的政策。
27. 我們聽說總裁可能完全裁撤理事會。
28. 他拍著雙手並大聲笑。

㉙ He **shuttles** between Los Angeles and New York on professional errands.

㉚ Her **motive** for throwing a dinner party is to establish business contacts.

㉛ The **attraction** of mutual funds is that they are low-risk investments.

㉜ Some children are blowing **bubbles** in the yard.

㉙ shuttle [ˋʃʌtl̩]	動 短程往返；來回穿梭 名 接駁車
㉚ motive [ˋmotɪv]	名 動機　形 啟動的；推動的 → 動 motivate 賦予動機；激發 　　名 motivation 刺激；幹勁
㉛ attraction [əˋtrækʃən]	名 吸引力；名勝 → 動 attract 吸引；引誘 　　形 attractive 引人注意的
㉜ bubble [ˋbʌbl̩]	名 氣泡；泡影 動 沸騰；冒泡；生氣勃勃 → 形 bubbly 起泡的

Week
4th

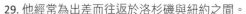

29. 他經常為出差而往返於洛杉磯與紐約之間。
30. 她舉辦晚餐聚會的目的，是為了建立商業聯繫。
31. 共同基金吸引人之處，在於它們是低風險投資工具。
32. 一些孩子們在院子吹泡泡。

DAY
1st

33 The computer was packed in a **foam** rubber case.

34 We wanted to buy the **cute** puppy but our landlord did not allow pets.

35 The copier will not work if the ink cartridge is not installed **properly**.

36 Your **prompt** attention to this matter is requested.

33 foam [fom]	名 泡沫；泡沫材料；泡沫 動 起泡沫；冒汗
34 cute [kjut]	形 可愛的；聰明伶俐的 → 名 cuteness 漂亮；嬌小可愛
35 properly ['prɑpəlɪ]	副 恰當地；正確地 → 名 propriety 妥當；得體；禮節 形 proper 適當的；合理的 反 副 improperly 不適當的
36 prompt [prɑmpt]	形 及時的；迅速的 動 激勵；慫恿；引起

33. 電腦包裝在泡綿橡膠盒子裡。

34. 我們想買隻可愛的小狗，但房東不准我們飼養寵物。

35. 如果墨水匣沒裝好，影印機無法運作。

36. 你必須立即處理此事。

❸ The negative report **propelled** me to question the source of the data.

❸ John's unsolicited criticisms **spurred** the argument between him and Aaron.

❸ Her **peaceful** demeanor calmed everyone.

❹ The children became **restless** on the long flight.

❸ propel [prə`pɛl]	動 推動；驅策 → 名 propulsion 推進（力） 　　形 propulsive 推進的
❸ spur [spɝ]	動 激勵；鞭策；策馬飛奔 名 馬刺；鼓舞
❸ peaceful [`pisfəl]	形 追求和平的；平靜的 → 名 peace 和平；安詳
❹ restless [`rɛstlɪs]	形 煩躁的；得不到休息的；靜不下來的

Week
4th

37. 這份負面報告驅使我質疑資料的來源。

38. 約翰主動的批評，激起他與艾朗之間的辯論。

39. 她平靜的態度，使大家平靜下來。

40. 這些孩童在長程飛行中，變得焦躁不安。

DAY
1st

41 How could we **sophisticate** such a simple problem to this level of complexity?

42 It is a **miracle** that David lived through such a fatal car crash.

43 He turned too **sharply** and knocked the coffeepot off the table.

44 The bird began **flapping** in its cage.

41 **sophisticate** [sə`fɪstɪ͵ket]	動 使複雜；使懂世故 名 久經世故的人 → 名 sophistication 老練；複雜；精密
42 **miracle** [`mɪrək!]	名 奇蹟 → 形 miraculous 神奇的；奇蹟般的
43 **sharply** [`ʃɑrplɪ]	副 急遽地；鋒利地；突然 → 動 sharpen 使尖銳；削尖 　 形 sharp 銳利的；激烈的
44 **flap** [flæp]	動 振翅；拍打 名 拍動；拍打聲

41. 我們怎麼會把這麼單純的問題變得如此複雜？
42. 大衛能從這致命車禍中存活，簡直是個奇蹟。
43. 他轉身太急，把桌上的咖啡壺撞掉了。
44. 鳥兒開始在籠裡拍翅。

45 There is a huge **gap** between the speed at which people speak and the brain's ability to comprehend.

46 We will do whatever it takes to **steer** our son away from that religious group.

47 To make a milkshake, **blend** four scoops of ice cream, one cup of milk, and two tablespoons of chocolate syrup.

48 The **mixture** of union and nonunion members is explosive.

45 gap [gæp]	名 裂口;山口;隔閡
46 steer [stɪr]	動 掌舵;駕駛;操縱
47 blend [blɛnd]	動 混合;交融;協調
48 mixture [ˋmɪkstʃɚ]	名 混合物;混雜 → 動 mix 使結合;攪合　名 混合物

Week
4th

45. 在人們說話與大腦理解的兩種速度之間,有極大的落差。

46. 我們要不計代價,使兒子遠離那個宗教團體。

47. 混合四匙的冰淇淋、一杯牛奶與兩大湯匙的巧克力糖漿,即可製成奶昔。

48. 工會與非工會成員結合在一起,情勢一觸即發。

DAY
1st

229 ① AU・US ② UK・US ③ CA・UK ④ US・UK

> ① Her world travels gave her a **unique** perspective on international business.
>
> ② You will notice a slight **variation** in temperature as we move west.
>
> ③ This packaging will have **universal** appeal.
>
> ④ The reason for his **objection** to the proposal is that it is too costly in the long run.

① **unique** [ju`nik]	形 獨特的；唯一的；獨一無二的
② **variation** [ˌvɛrɪ`eʃən]	名 變動量；差別 → 動 vary 變化 　名 variety 變化；多樣化；種類 　形 various 各種的
③ **universal** [ˌjunə`vɝsl̩]	形 全世界的；全體的；普遍的；萬用的 → 名 universe 宇宙；世界
④ **objection** [əb`dʒɛkʃən]	名 反對；異議 → 動 object 反對

1. 週遊世界帶給她對國際貿易的獨特見解。
2. 當我們向西走時，你將感到輕微的溫度變化。
3. 這種包裝風格將吸引全球注意。
4. 他反對這提案的理由，是它的最終成本太高。

❺ The graphics on this new video game are **fantastic**!

❻ The **medium** size car costs a few more dollars to **rent**.

❼ His injury will prevent him from experiencing the **glory** of playing in the World Series.

❽ This is Sergeant Moore. Can you **patch** me through to **headquarters**?

❺ fantastic [fæn`tæstɪk]	形（口）極好的；奇異的；想像中的 → 動 fantasize 想像；幻想 　　名 fantasy 夢想；幻想
❻ medium [`midɪəm]	形 中型的；中間的；適中的 名 中間；媒介物
rent [rɛnt]	動 出租；租用　名 租金；出租物 → 動 rental 租賃　形 供出租的
❼ glory [`glorɪ]	名 光榮；榮耀、燦爛 → 形 glorious 光榮的；輝煌的
❽ patch [pætʃ]	動 接通電話；修補；拼湊；暫時解決 名 補釘；斑駁
headquarters [`hɛd`kwɔrtəz]	名 總部 → 名 branch 分部

Week
4th

5. 這套新電玩的畫面很棒！

6. 租用這輛中型車的價格稍高。

7. 他的傷勢使他無法體驗打世界大賽的光榮。

8. 我是摩爾中士，能請你幫我轉接到總部嗎？

DAY
2nd

❾ A **portrait** of her grandfather hangs over the fireplace in the living room.

❿ He has the **tendency** to offer advice even when no one wants it.

⓫ Controlling inflation is of **paramount** importance.

⓬ The new car has safety features **unheard** of years ago.

❾ **portrait** [ˋportret]	名 肖像；照片；雕像 → 動 portray 畫；描寫 　 名 portrayal 描繪；扮演
❿ **tendency** [ˋtɛndənsɪ]	名 癖好；天分；意向；潮流 → 動 tend 走向；傾向；易於
⓫ **paramount** [ˋpærə͵maʊnt]	形 至高無上的；最重要的
⓬ **unheard** [ʌnˋhɝd]	形 未聽過的；不被理睬的

9. 她祖父的畫像掛在客廳壁爐的上方。

10. 就算別人不需要，他總愛提出建議。

11. 控制通貨膨脹為**當務之急**。

12. 這輛新車具備**前所未有**的安全特性。

⓭ Let's **pause** for a moment and consider our options.

⓮ The auditorium **buzzed** with excitement before the curtain went up.

⓯ Good customer relations are a **necessity** if our business is to thrive.

⓰ Ms. Meyers **openly** objected to the purchase of the Squibb-Lord Company.

⓭ pause [pɔz]	動 暫停；停頓；猶豫 名 中斷；猶豫
⓮ buzz [bʌz]	動 嗡嗡叫；唧唧響；發信號 名 嘈雜聲；信號
⓯ necessity [nə`sɛsətɪ]	名 必需品；必要 → 動 necessitate 使成為必需 　　形 necessary 必要的
⓰ openly [`opənlɪ]	副 公然地；坦率地 → 動 open 打開　形 公開的；開闊的

Week
4th

13. 讓我們中斷一下，考慮我們的選項。
14. 在布幕拉起前，禮堂裡充滿興奮的嘈雜聲。
15. 我們的業務若要成長，必須保持良好的顧客關係。
16. 梅耶斯女士公開反對買下斯貴比羅德公司。

DAY
2nd

17 **Hopefully** we will have the revenue to expand our business next year.

18 The suspect refused to respond **honestly** on the lie detector test.

19 In the **meantime**, I will locate the addresses for those shipments.

20 Only authorized personnel are allowed **entry** into the power plant.

---

17 **hopefully**
[ˋhopfəli]

副 但願；抱希望地
→ 動 hope 希望 名 盼望
名 hopeful 可望成功的人 形 有希望的

---

18 **honestly**
[ˋɑnɪstlɪ]

副 誠實地；實在
→ 名 honesty 誠實；正直 形 honest 坦率的
反 名 dishonest 不誠實的

---

19 **meantime**
[ˋmin,taɪm]

名 其間；同時 副 其間；同時
→ 名 meanwhile 其間

---

20 **entry**
[ˋɛntrɪ]

名 進入；參加；入口
→ 動 enter 進入 名 entrance 入口
名 entrant 進入者

---

17. 但願明年我們將有盈餘可擴張業務。
18. 嫌犯拒絕誠實地答覆測謊問題。
19. 在此期間，我將確認貨運的地址。
20. 只有獲授權的人員才可進入發電廠。

㉑ Most of the 150 electric **circuits** were knocked out.

㉒ This **phenomenon** is very puzzling to me.

㉓ Growing sales have been reported in the expensive **categories** like home computers and furniture.

㉔ Ms. Adams is a **loyal** customer who **refuses** to shop anywhere else.

㉑ circuit [`sɝkɪt]	名 電路;一圈;巡迴路線 動 繞行;環行
㉒ phenomenon [fə`namə‚nan]	名 現象;傑出的人才 → 形 phenomenal 現象的;驚人的
㉓ category [`kætə‚gorɪ]	名 種類;類目 → 動 categorize 分類 　形 categorical 屬於某一範疇的;明白的
㉔ loyal [`lɔɪəl]	形 忠誠的;忠實的 → 名 loyalty 忠心;忠誠的行為
refuse [rɪ`fjuz]	動 拒絕;不准 → 名 refusal 拒絕

Week
4th

DAY
2nd

21. 這 150 組電路中的大部分都故障了。

22. 這現象十分困擾我。

23. 報告指出,銷售量有成長的是高價位類產品,例如家用電腦與傢俱。

24. 亞當斯小姐是**忠實**顧客,從不去別家店買東西。

25 Mr. Anderson's **cruel** joke **upset** the committee members.

26 The light **bulbs** have all burned out and need to be replaced.

27 The **blade** on this knife is very dull.

28 Let's **forget** the whole thing.

25 **cruel** [ˈkruəl]	形 殘酷的；惡毒的 → 名 cruelty 殘忍；殘酷的行為
upset [ʌpˋsɛt]	動 使不悅；打翻；攪亂；使心煩意亂 名 翻倒；攪亂
26 **bulb** [bʌlb]	名 電燈泡；球莖
27 **blade** [bled]	名 刀身；葉片
28 **forget** [fɚˋgɛt]	動 忘記；忽略 → 形 forgetful 健忘的

25. 安德森先生挖苦人的笑話，惹怒了委員會成員。

26. 所有燈泡都燒壞了，需要更換。

27. 這把刀子的刀鋒很鈍。

28. 讓我們忘了整件事。

㉙ This medicine will **neutralize** the poison effect of the snakebite.

㉚ He made a large contribution because he felt it was for a **noble** cause.

㉛ This company has **evolved** from a small two-person operation to a business with 3,000 employees.

㉜ Don't be **selfish** and take all of the credit for the work.

㉙ neutralize [ˋnjutrəlˌaɪz]	働 中和；使無效；抵銷 → 名 neutralization 中立；中性 　　形 neutral 中立的
㉚ noble [ˋnobḷ]	形 崇高的；高貴的；貴族的 → 名 nobleness 高貴；高尚
㉛ evolve [ɪˋvɑlv]	働 逐步形成；進化；發展 → 名 evolution 進化；進展 　　形 evolutionary 進化的；漸進的
㉜ selfish [ˋsɛlfɪʃ]	形 自私的 → 名 selfishness 自我中心；自私

Week
4th

29. 這種藥可以中和遭蛇咬傷的毒　。
30. 他認為這事立意崇高，因此捐出一大筆錢。
31. 這家公司從僅有兩人經營，成長為雇有三千名員工的業務規模。
32. 別太自私，把所有功勞攬到你自己身上。

DAY
2nd

33 Because of a previous **engagement**, I will not attend the party.

34 A **spark** of recognition came to his face when I mentioned Mr. Riddick.

35 Many colleges have created educational **partnerships** with local businesses.

36 The deal will **ally** CompuServe with local network service providers.

33 engagement [ɪnˈɡedʒmənt]	名 約會；訂婚；諾言；債務 → 動 engage 從事；保證；訂婚
34 spark [spɑrk]	名 火花；閃耀；煥發 動 發動；激勵
35 partnership [ˈpɑrtnɚˌʃɪp]	名 合夥關係；協力 → 名 partner 搭檔；合夥人
36 ally [ˈælaɪ]	動 使結盟；聯合 名 同盟國；盟友 → 名 alliance 結盟；聯姻

33. 由於另外有約在先，我將不參加聚會。

34. 當我提到瑞狄克先生時，他臉上露出讚許的光芒。

35. 許多大學與當地企業有建教合作的關係。

36. 這協定將把「線上資料庫服務」與地方網路業者聯合起來。

㊲ Your **cooperation** is needed to complete the investigation.

㊳ We witnessed the **solidarity** of the partners last week when one refused to comment without the other present.

㊴ The **conjunction** of military forces and local officials has significantly reduced drug traffic across the border.

㊵ Business was conducted in an atmosphere of **harmony**.

㊲ cooperation [ko͵ɑpəˋreʃən]	名 合作；協力 → 動 cooperate 合作；配合 　形 cooperative 合作的
㊳ solidarity [͵sɑləˋdærətɪ]	名 團結 → 動 solidify 使團結；凝固 　形 solid 固體的；結實的
㊴ conjunction [kənˋdʒʌŋkʃən]	名 結合；連接 → 形 conjunct 結合的，conjunctive 連接的
㊵ harmony [ˋhɑrmənɪ]	名 和諧；融洽 → 動 harmonize 使協調；使和諧 　形 harmonious 調和的

Week
4th

37. 需要你的合作以完成調查。

38. 上星期，當一方拒絕在另一方不在場時表示意見，我們見識到合夥人的團結。

39. 軍隊與地方官員的**合作**，顯著地減少跨國運毒的情形。

40. 業務在一片和諧氣氛下進行。

DAY
2nd

245

41 They **concerted** their efforts and started a Neighborhood Crime Watch Program.

42 The current emergency plan lists no **provisions** for replacement supplies.

43 Shirley asked her mother to **knit** a scarf for her.

44 I don't know how to tie a square **knot**.

41 **concert** [kənˋsɝt]	動 協力；商議；使協調 [ˋkɑnsɝt] 名 音樂會；一致；協調
42 **provision** [prəˋvɪʒən]	名 供應；預備；條款 → 動 provide 提供；準備
43 **knit** [nɪt]	動 編織；接合；皺眉
44 **knot** [nɑt]	名 繩結；蝴蝶結

41. 他們凝聚力量，成立鄰里犯罪防範計畫。
42. 目前的緊急危難計畫沒有預備替代性供給。
43. 雪莉請母親織一條圍巾給她。
44. 我不會打平結。

45 He experienced a **siege** of illness that left him weak and thin.

46 He began to **weep** bitterly when he heard the news of his father's death.

47 I will **plow** ahead regardless of what my colleagues say.

48 If you are on your way to work this morning, drive carefully because the roads are **icy**.

45 siege [sidʒ]	名 圍攻；（疾病的）長期折磨；襲擊
46 weep [wip]	動 哭泣；悲嘆；（液體）流出
47 plow [plaʊ]	動 鑽研；犁；挖；開路 名 犁；鏟雪機
48 icy [ˋaɪsɪ]	形 結冰的；覆蓋著冰；冰冷的 → 名 ice 結冰　動 冰凍

Week
4th

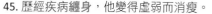

45. 歷經疾病纏身，他變得虛弱而消瘦。

46. 當他得知父親過世的噩耗時，失聲痛哭起來。

47. 不管同事怎麼說，我還是要追查到底。

48. 你今早在上班途中要小心開車，因為路面結冰。

DAY
2nd

❶ People with **artistic** talent have great career prospects.

❷ Wood carvings made by the famous **craftsman**, John Fry, will be on display next week.

❸ The **masterpiece** by Vincent van Gogh was returned yesterday to its home at the Metropolitan Museum of Art.

❹ A **statue** of the President is in the entryway.

❶ artistic [ɑr`tɪstɪk]	形 藝術的；藝術家的；精美的 → 名 art 藝術　名 artist 藝術家
❷ craftsman [`kræftsmən]	名 工藝家；工匠；巧匠 → 名 craftsmanship 技巧
❸ masterpiece [`mæstɚ͵pis]	名 傑作；名作
❹ statue [`stætʃu]	名 雕像；塑像

1. 有藝術天賦的人，其事業充滿前景。
2. 名工藝家約翰・福瑞的木刻作品將於下週展出。
3. 梵谷的名作於昨天返還大都會博物館。
4. 總統的雕像聳立在入口通道。

5 The artist carefully examined the **sculpture** from every angle.

6 **Drawings** by postwar artists are the stars now.

7 He is an art collector who **adores** watercolor paintings.

8 She had a hard time convincing them to switch to Apple computers because they **worshiped** their IBM's.

---

5 sculpture
[ˈskʌlptʃɚ]

图 雕塑品
動 雕刻

6 drawing
[ˈdrɔɪŋ]

图 繪畫;素描

7 adore
[əˈdor]

動 熱愛;崇拜;愛慕
→ 图 adoration 敬愛;傾慕
　 形 adorable 值得敬愛的;可愛的

8 worship
[ˈwɝʃɪp]

動 推崇;崇拜;信奉;敬重
图 敬神;禮拜儀式

Week
4th

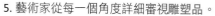

5. 藝術家從每一個角度詳細審視雕塑品。

6. 戰後藝術家的畫作是當今的重點。

7. 他是個熱衷水彩畫的收藏家。

8. 因他們推崇 IBM 電腦,致使她在說服他們改用蘋果電腦時,吃盡苦頭。

DAY
3rd

⑨ Although we don't pay much attention to **gossip**, many people believe he is retiring soon.

⑩ The wedding is at 3:00 p.m. with a reception **afterward**.

⑪ They are trying to raise $5 million to **execute** the technology project.

⑫ I'm calling to let you know that your fitness club **membership** expires next month.

⑨ **gossip** [ˈgɑsəp]	图 流言蜚語；閒話；八卦 動 閒聊；傳播小道消息
⑩ **afterward** [ˈæftəwəd]	副 之後；以後
⑪ **execute** [ˈɛksɪ͵kjut]	動 執行；履行；實施 → 图 execution 實行；執行 　图 executive 經理；管理部門　形 行政的
⑫ **membership** [ˈmɛmbə͵ʃɪp]	图 會員身分；全體會員 → 图 member 會員；成員

9. 雖然我們不理會閒話，但許多人相信他就要退休了。

10. 婚禮在下午三點舉行，隨後將有婚宴。

11. 他們嘗試增資五百萬以**執行**這項科技計畫。

12. 我打電話是通知您，您的健身俱樂部**會員資格**於下個月到期。

⑬ South Africa is rich in all sorts of **minerals**.

⑭ The **mining** company went bankrupt shortly after the employee accident.

⑮ We have to go through the **metal** detector at the entrance.

⑯ A tighter **lid** on illegal immigrants has been called for.

⑬ mineral [ˋmɪnərəl]	名 礦物；無機物 形 礦物的；礦質的
⑭ mining [ˋmaɪnɪŋ]	名 採礦；礦業 → 動 mine 開採　名 礦坑
⑮ metal [ˋmɛtl]	名 金屬；合金
⑯ lid [lɪd]	名 限制；取締；蓋子 動 給……蓋上蓋子；抑制

Week
4th

13. 南非的**礦產**豐富。

14. 在員工意外事故後不久，該**採礦**公司宣布破產。

15. 我們必須通過入口處的**金屬**偵測器。

16. 已有更嚴格的非法移民**限制**。

DAY
3rd

⑰ This water needs to be **filtered** before we can drink it.

⑱ The papers blew off the desk and **fluttered** to the floor.

⑲ The large volume of **junk** mail he receives daily is annoying.

⑳ A portion of the profits will go to **charity**.

⑰ **filter** [ˋfɪltɚ]	動 過濾；篩 名 濾器
⑱ **flutter** [ˋflʌtɚ]	動 飄揚；飄落；振翅 名 飄動；拍翅
⑲ **junk** [dʒʌŋk]	名 垃圾；廢話
⑳ **charity** [ˋtʃærətɪ]	名 善舉；慈善團體；慈善事業 → 形 charitable 仁慈的；慷慨的；寬容的

17. 這水在我們飲用前，需要過濾。
18. 風吹落桌上的紙，散落一地。
19. 每天寄給他的大量垃圾信件很惱人。
20. 收益的一部分將捐給慈善團體。

21 Mr. Reiner, Jason will **escort** you to the conference room.

22 The heat caused the papers to **curl**.

23 The **reception** will be held at the Sheraton Hotel in San Diego.

24 Please keep your **receipt** in case you need to return any of the **merchandise**.

21 escort [ɪ`skɔrt]	動 護送；陪同 [`ɛskɔrt] 名 護送；護衛隊
22 curl [kɝl]	動 使捲曲；纏繞　名 捲曲；捲毛 → 形 curly 鬈髮的；蜷曲的
23 reception [rɪ`sɛpʃən]	名 歡迎（會）；接納；接收效果 → 動 receive 收到；接待 　 形 receptive 善於接受的
24 receipt [rɪ`sit]	名 收據；收到
merchandise [`mɝtʃən‚daɪz]	名 商品；貨物

Week
4th

21. 瑞納先生，傑森將陪同您到會議室。

22. 熱氣導致報紙捲曲。

23. 歡迎會將在聖地牙哥的喜來登飯店舉行。

24. 請保留收據，以備你退貨時之需。

DAY
3rd

25 He made a **slit** in the box and inserted the receipt.
26 Place a coin in the **slot** and take the ticket.
27 Dirt has accumulated in the **grooves** of the windowsill.
28 A **limb** of the company was **severed** because of cutbacks.

25 **slit** [slɪt]	名 投入口；裂縫；狹縫 動 縱切；撕開；使成長條
26 **slot** [slɑt]	名（自動販賣機的）投幣口；狹長孔 動 開槽；放入狹孔；排入
27 **groove** [gruv]	名 溝；槽；紋道
28 **limb** [lɪm]	名 分支；肢；臂；樹枝
sever [ˋsɛvɚ]	動 切斷；割下；中斷 → 名 severance 切斷；隔離

25. 他在箱子上劃一道縫，然後塞進收據。
26. 在投幣口投入一枚銅板，然後取票。
27. 灰塵堆積在窗台的溝槽。
28. 由於經費削減，公司裁撤一個分支機構。

㉙ Scott is too **lazy** to jog every day.

㉚ The automaker chose the small **farming** community as the site of its new assembly plant.

㉛ Production of industrial **crops** dropped by 20 percent.

㉜ The truck was loaded with **grain**.

㉙ **lazy** [ˋlezɪ]	形 懶惰 → 名 laziness 怠惰；懶散
㉚ **farming** [ˋfɑrmɪŋ]	形 農業的　名 農場經營；飼育 → 動 farm 耕作　名 田地
㉛ **crop** [krɑp]	名 農作物；莊稼；收成 動 收割
㉜ **grain** [gren]	名 穀粒；穀類；細粒 動 使成粒狀 → 形 grainy 粒狀的

Week
4th

29. 史考特因為太懶惰而無法每天慢跑。
30. 該汽車製造商選擇小型農業區設立新裝配廠。
31. 產業用農作物的生產量減少 20%。
32. 卡車裝載著穀物。

DAY
3rd

33 I need 10 cups of **flour** to make pancakes.

34 We hired 12 new workers to harvest the **orchard** this year.

35 **Citrus** exports are expected to increase to 16,000 tons in the next two years.

36 The book listed a variety of ways to cook **poultry** on the grill.

33 flour [flaʊr]	名 麵粉 動 灑粉於……；磨成粉
34 orchard [ˈɔrtʃəd]	名 果園；果樹林
35 citrus [ˈsɪtrəs]	名 柑橘屬植物；柑橘
36 poultry [ˈpoltrɪ]	名 家禽；家禽肉

33. 我需要 10 杯麵粉來作鬆餅。

34. 我們今年雇用 12 名新工人採收果園。

35. 柑橘外銷量可望在下兩年增加至一萬六千噸。

36. 書上列舉各種燒烤家禽肉的方法。

37 They **graze** sheep on the western part of the region.

38 We will **cement** the deal when we meet next week in Chicago.

39 Beautiful **clay** pots and vases are on display at the festival.

40 The house is made of **brick** and has a shingle roof.

37 graze [grez]	動（家畜）吃草；放牧 名 牧草；放牧
38 cement [sɪˋmɛnt]	動 鞏固；以水泥接合；黏合 名 膠結材料；水泥
39 clay [kle]	名 黏土；（人的）軀體 動 以黏土覆蓋
40 brick [brɪk]	名 磚；磚狀物 形 磚砌的；似磚的

Week
4th

37. 他們在該地帶的西區放牧羊群。
38. 下週在芝加哥會面時，我們將達成協議。
39. 在慶典中擺出精美的陶壺罐與花瓶。
40. 這房子以磚塊蓋成，並有木瓦屋頂。

DAY
3rd

㊶ Someone had walked on the floor with **muddy** shoes and left tracks.

㊷ **Strap** the air tank on your back and check all of your **equipment** before the dive.

㊸ You can fill your ice **bucket** at the ice machine down the hall.

㊹ The student council voted to put a coffee **cart** outside of the library.

㊶ **muddy** [ˈmʌdɪ]	形 泥濘的；渾濁的；灰暗的 → 名 mud 泥巴；泥漿
㊷ **strap** [stræp]	動 用帶捆綁；受束縛 名 帶子；背帶；皮條
equipment [ɪˈkwɪpmənt]	名 設備；配備；用具 → 動 equip 裝備；使有能力
㊸ **bucket** [ˈbʌkɪt]	名 水桶；提桶；大量 動 以桶裝運
㊹ **cart** [kɑrt]	名 手推車；運貨車 動 用運貨車裝運

41. 某人曾穿著泥濘的鞋子走在地板上，並留下足跡。
42. 潛水前，以帶子把氧氣瓶綁緊在你背上，並檢查所有配備。
43. 你可拿著冰桶，到走廊底端的製冰器裝冰塊。
44. 學生議會投票通過在圖書館外設置咖啡販賣車。

⑮ The **carton** contains 10 mugs.

⑯ We will **crate** the glasses for shipping overseas.

⑰ She **hailed** a taxi on Fifth Avenue and headed for the United Nations Headquarters.

⑱ After the curtain dropped, the audience **applauded** the performance.

⑮ **carton** [ˋkɑrtn̩]	名 紙盒；紙箱	
⑯ **crate** [kret]	動 將……裝入大板條箱 名 板條箱	
⑰ **hail** [hel]	動 招呼；為……喝采；擁立 名 歡呼；招呼	
⑱ **applaud** [əˋplɔd]	動 鼓掌；稱讚；歡迎 → 名 applause 鼓掌歡迎；嘉許	

Week
4th

45. 這紙盒裝有十個馬克杯。

46. 我們將把玻璃杯裝入板條箱，運送到海外去。

47. 她在第五大道招一輛計程車，坐往聯合國總部。

48. 落幕之後，觀眾鼓掌為演出喝采。

DAY
3rd

❶ The cross-country biking **expedition** began in Orlando, Florida and ended in San Diego, California.

❷ Everyone at the **farewell** reception was moved by Ms. Deming's speech.

❸ Will you **insert** a meat thermometer into the thickest portion of the meat?

❹ Because of his leg injury, he now walks with a **cane**.

❶ **expedition** [͵ɛkspɪˋdɪʃən]	图遠征（隊）；探險；迅速 → 動expedite 促進；加速執行 　形expeditionary 遠征軍的 　形expeditious 迅速敏捷的
❷ **farewell** [ˋfɛrˋwɛl]	图告別；送別會
❸ **insert** [ɪnˋsɝt]	動插入；嵌入；射入（軌道） → 图insertion 插入（物）；嵌飾
❹ **cane** [ken]	图手杖；藤條；笞條 動用笞杖打

1. 橫跨全國的自行車遠征隊從佛州奧蘭多出發，終點站為加州聖地牙哥。
2. 德明女士的演講，感動送別會上的每一個人。
3. 可否請你把溫度計插入整塊肉最厚的部分？
4. 由於腿傷，他現在必須持枴杖而行。

❺ The parade was a stirring **spectacle**.

❻ Let's not **dwell** on the past but look to the future.

❼ The supervisor will **okay** this request form.

❽ Many people in the **metropolitan** areas are concerned for their safety.

❺ **spectacle** [ˋspɛktəkl̩]	名 場面；奇觀；壯觀；眼鏡 → 形 spectacular 引人注目的；壯觀的
❻ **dwell** [dwɛl]	動 思索；生活；居住 → 動 dwell on . . . 停留在；詳細論述
❼ **okay** [ˋoˋke]	動 批准；認可
❽ **metropolitan** [ˌmɛtrəˋpɑlətn̩]	形 大都市的；都會區的 名 都會人 → 名 metropolis 大都市；首府

Week
4th

5. 遊行的壯觀場面激動人心。

6. 我們不應停留在過去，而要展望未來。

7. 上司將會批准這份申請表。

8. 許多在大都會區的人，十分關切他們的安全。

DAY
4th

❾ Shall we take a taxi or ride the bus **downtown**?

❿ **Skyscrapers** blocked our view of the ocean.

⓫ He has to go to **municipal** court and pay a fine for his speeding ticket.

⓬ The tight-knit **community joined** together to raise money for the new park.

❾ **downtown** [ˌdaʊnˈtaʊn]	副 往（或在）鬧區 名 城市的商業區；鬧區；市中心
❿ **skyscraper** [ˈskaɪˌskrepɚ]	名 摩天大樓；超高大樓
⓫ **municipal** [mjuˈnɪsəpl̩]	形 市政的；市立的；地方自治的
⓬ **community** [kəˈmjunətɪ]	名 社區；共同社會；公眾
join [dʒɔɪn]	動 參加；連結；與……作伴

9. 我們要搭計程車還是公車去市中心？

10. 摩天大樓擋住我們的海景。

11. 他必須到市立法院繳交超速罰款。

12. 該團結社區為籌建新公園而加入募款行列。

⓭ **Local** officials say the threat is minor.
⓮ We like the house itself but not its **location** downtown.
⓯ My **neighbor** gave me a ride to work when my car broke down.
⓰ The **population** of Hispanic youths is expected to double in five years.

⓭ local [ˋlokl̩]	形 地方的；當地的；局部的 名 本地人；慢車（指每站都停的火車或公車）
⓮ location [loˋkeʃən]	名 位置；所在地；指定地點 → 動 locate 確定……地點；設置於；找出
⓯ neighbor [ˋnebɚ]	名 鄰居；鄰國 動 住在附近；與……為鄰 → 名 neighborhood 鄰近地區
⓰ population [ˌpɑpjəˋleʃən]	名 人口；（某地域的）全部居民；總數 → 動 populate 居住於；殖民於 形 populous 人口眾多的

Week
4th

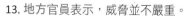

13. 地方官員表示，威脅並不嚴重。
14. 我們對房子本身很中意，但不喜歡它位於鬧區的地點。
15. 當我車子故障時，我搭鄰居的便車上班。
16. 西班牙語裔的青年人口將在五年內成長為兩倍。

DAY
4th

17 **Popularity** for the reconstruction increased after the televised debate.

18 Free **transportation** is **available** after the game from the stadium back to the hotel.

19 The bumper sticker on the **automobile** reads, "Don't tailgate me."

20 We can catch a **cab** over to 51st Street and then take the train into New Hyde Park.

17 popularity [ˌpɑpjəˈlærətɪ]	名 普及；大眾化；聲望 → 形 popular 受歡迎的；流行的
18 transportation [ˌtrænspəˈteʃən]	名 交通車輛；運送；運輸業 → 動 transport 運輸　名 運輸工具
available [əˈveləbḷ]	形 可用的；在手邊的；有空的 → 名 availability 可得性；有效 反 形 unavailable 無法利用的
19 automobile [ˈɔtəməˌbɪl]	名 汽車
20 cab [kæb]	名 計程車；駕駛室

17. 在電視辯論後，重建的呼聲高漲。
18. 賽後將有免費接駁車從球場開往旅館。
19. 汽車的保險桿貼著「不要緊跟著我」的貼紙。
20. 我們可搭計程車到 51 街，然後轉搭火車前往新海德公園。

㉑ Our car was accidentally locked in the **garage** when the garage door opener broke.

㉒ She slammed on the **brakes** and barely missed hitting the deer crossing the street.

㉓ He had to pay a fine of $350 for his **speeding** ticket.

㉔ This **parking** lot is always full during the lunch hour.

㉑ **garage** [gəˋrɑʒ]	名 車庫;修車廠
㉒ **brake** [brek]	名 煞車;制動器;閘 動 煞住（車）;抑制
㉓ **speeding** [ˋspidɪŋ]	名 超速行車 → 動 speed 迅速前進　名 速度
㉔ **parking** [ˋpɑrkɪŋ]	名 停車（場）

Week
4th

21. 當車庫大門開關故障時，我們的車子意外地被鎖在裡面。

22. 她猛踩煞車，差一點就撞上橫越街道的鹿。

23. 他必須繳納 350 元的超速罰款。

24. 這座停車場在午餐時段總是客滿。

DAY
4th

25 Fifth **Avenue** in New York is a famous shopping district.

26 The trash is picked up from the **alley** behind the restaurant.

27 He is unsure about which **path** to take.

28 The car veered onto the **sidewalk** and ran over the pedestrian.

25 avenue ['ævə,nju]	名 大街;林蔭大道
26 alley ['ælɪ]	名 小巷;小徑;胡同;弄
27 path [pæθ]	名 小路;通路;途徑
28 sidewalk ['saɪd,wɔk]	名 人行道

25. 紐約的第五大道是著名的購物區。

26. 垃圾收集地是在餐廳後面的小巷。

27. 他不太確定選哪條路。

28. 該車子駛上人行道,並撞倒行人。

㉙ The car pool **lane** is reserved for cars with two or more people in them.

㉚ The nearest **crossroad** to the factory is Marketplace Drive.

㉛ Can we **cross** the street when the red light is flashing?

㉜ The new twin-jet **aircraft** is scheduled for delivery to Delta Airlines in June.

㉙ lane [len]	图巷；車道；跑道
㉚ crossroad [ˋkrɔs͵rod]	图支道；交叉路；十字路口
㉛ cross [krɔs]	動跨越；橫渡；交叉；妨礙 图十字形；交叉點
㉜ aircraft [ˋɛr͵kræft]	图航空器；飛機

Week
4th

29. 共乘車道專供高乘載車輛通行。

30. 通往工廠最近的支道為「市場路」。

31. 在紅燈閃爍時，我們可以穿越馬路嗎？

32. 新式雙噴射引擎飛機，預定於六月送到達美航空公司。

DAY
4th

33 As a young child, she often demonstrated her fascination with **aviation**.

34 The flight **crew** prepared the aircraft for landing.

35 We watched as the plane sped up the **runway**.

36 The angry customer **wrenched** the pen out of my hand and stalked out the door.

33 aviation [ˌevɪˈeʃen]	名 飛行；航空；飛機製造業 → 動 aviate 飛行；駕駛飛機
34 crew [kru]	名 全體機員；工作人員
35 runway [ˈrʌnwe]	名 跑道
36 wrench [rɛntʃ]	動 攫取；猛擰；扭傷；折磨 名 猛扭；扳手

33. 她年幼時，經常展現她對飛行的喜愛。

34. 飛行組員準備降落飛機。

35. 我們看著飛機從跑道加速起飛。

36. 憤怒的顧客搶走我手中的筆，氣沖沖地走出去。

37 His outlook for the company was not quite so **rosy** after he read the report.

38 Could you **highlight** a few of your recent accomplishments for the hiring committee?

39 The broker **accentuated** the dangers of high-risk investments.

40 I keep the receipt forms in the bottom **drawer** of the filing cabinet.

37 rosy [ˋrozɪ]	形 樂觀的；玫瑰色的；紅潤的 → 名 rose 玫瑰花；紅潤的氣色
38 highlight [ˋhaɪ͵laɪt]	動 強調；照亮；使突出；特別標示 名 最突出部分；最重要的事
39 accentuate [ækˋsɛntʃu͵et]	動 以重音讀出；強調 → 名 accent 重音；強調；腔調
40 drawer [ˋdrɔɚ]	名 抽屜；拖曳者

Week
4th

37. 看完報告後，他認為公司的前景不太**樂觀**。
38. 能請你特別**提出**幾項你最近替任用委員會所做的事嗎？
39. 經紀人**強調**高風險投資工具的危險　。

40. 我把收據表格放在文件櫃的底層**抽屜**內。

DAY
4th

269

41 The new office **setup** left everyone confused.

42 The company's **prosperity** is largely a result of quality products and effective management.

43 We refuse to **imitate** the poor quality service of other long distance carriers.

44 He never expected that his own sister would **betray** him during the dispute.

41 setup [ˋsɛt͵ʌp]	名（事物的）安排；結構；配置
42 prosperity [prɑsˋpɛrətɪ]	名 興旺；繁榮；成功 → 動 prosper 使繁榮；昌盛
43 imitate [ˋɪmə͵tet]	動 模仿；以……為模範；偽造 → 名 imitation 模仿；仿製品 形 imitational 模仿的；仿造的
44 betray [bɪˋtre]	動 背叛；告密 → 名 betrayal 背叛；洩密

41. 新辦公室的物件配置令人感到混亂。
42. 公司的興盛，主要歸功於高品質產品與有效管理。
43. 我們拒絕仿效其他長程運輸業者的差勁服務。
44. 他想不到他的妹妹竟在爭執中背叛他。

⑮ His debt began to accumulate because of **careless** spending.

⑯ Everyone likes her **carefree** attitude.

⑰ The instructor took a **fiery** stance and argued with the dean.

⑱ Mr. Davis is the most **dominant** member of the negotiating team.

⑮ careless [`kɛrlɪs]	形 粗心的；疏忽的；漫不經心的 → 動 care 看護；關懷　名 謹慎 　 反 形 careful 謹慎的
⑯ carefree [`kɛr͵fri]	形 無憂無慮的
⑰ fiery [`faɪərɪ]	形 激烈的；燃燒般的 → 名 fire 火
⑱ dominant [`dɑmənənt]	形 占優勢的；支配的 → 動 dominate 主導；控制 　 名 dominance 優勢；統治（地位）

Week
4th

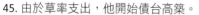

45. 由於草率支出，他開始債台高築。

46. 大家都喜歡她無憂無慮的樣子。

47. 該講師以激烈的態度與系主任爭辯。

48. 戴維斯先生為談判小組中最有主導權的成員。

DAY
4th

① The **advertisement** says that the sale will start this coming Friday.

② A **billboard** advertisement is quite expensive.

③ A **catalog** will be shipped to you along with your current order.

④ The **booklet** contains instructions for setting up the computer system.

① **advertisement** [ˌædvəˈtaɪzmənt]	图廣告 → 動 advertise 打廣告；為……宣傳
② **billboard** [ˈbɪlˌbord]	图告示板；廣告板
③ **catalog** [ˈkætəlɔg]	图目錄；目錄冊；目錄簿
④ **booklet** [ˈbʊklɪt]	图小冊子

1. 廣告指出拍賣將從本週五開始。
2. 刊登在告示牌的廣告費用十分昂貴。
3. 目錄將隨同你所訂購的物品一起寄給你。
4. 小冊子內含裝設電腦系統的說明。

5 Over 2,000 people filled out the **questionnaire**.

6 Stability, progress, and loyalty **characterize** the CompTel Corporation.

7 Environmental issues **transcend** national boundaries.

8 Please be **cautious** on the wet, slippery floor.

5 questionnaire [ˌkwɛstʃənˈɛr]	名 問卷；意見調查表 動 作問卷調查 → 動 question 詢問；質問　名 問題
6 characterize [ˈkærəktəˌraɪz]	動 以……為特徵；描繪……的特 → 名 character 特質；性格 　名 characteristic 特徵　形 獨特的
7 transcend [trænˈsɛnd]	動 超越；優於 → 名 transcendence 超越 　形 transcendent 卓越的
8 cautious [ˈkɔʃəs]	形 小心謹慎的 → 動 caution 告誡；警告　名 謹慎

Week
4th

5. 有超過兩千人填寫問卷。

6. 穩定、進步與忠誠是康普太公司的特色。

7. 環保議題超越國界的限制。

8. 請注意濕滑的地板。

DAY
5th

9 The salesclerk is showing the child how to **lace** the new tennis shoes.

10 Let me **introduce** myself.

11 I'm not trying to **thwart** your efforts. I just want you to think before you act.

12 You should **inspect** the cars carefully in the showroom before you buy one.

9 lace [les]	動 繫帶子於……；以花邊裝飾 名 帶子；花邊
10 introduce [ˌɪntrəˋdjus]	動 介紹；引進；傳入 → 名 introduction 引進；序言 　 形 introductory 介紹的；準備的
11 thwart [θwɔrt]	動 反對；阻撓；使挫敗
12 inspect [ɪnˋspɛkt]	動 檢查；審查 → 名 inspection 檢驗；檢查 　 形 inspective 注意的

9. 售貨員向孩童示範如何繫緊新網球鞋的鞋帶。

10. 讓我自我介紹。

11. 我並非反對你的努力，只是要你三思而後行。

12. 買車前，你應該在展示間仔細檢查車子。

13 The president tried to **soften** his criticism so that the employee would not become defensive.

14 The dentist told the patient to wait for the filling to **harden** before eating or drinking.

15 This balloon holds 80,000 **cubic** feet of hot air.

16 The fog bank covered a seven **square** mile area and reduced visibility significantly.

13 soften [ˈsɔfn̩]	動 使柔和;使變軟 → 形 soft 柔軟的;柔和的;軟弱的 　名 softness 柔軟;溫和
14 harden [ˈhɑrdn̩]	動 變硬;變堅固;強化 → 形 hard 堅硬的
15 cubic [ˈkjubɪk]	形 立方形的;立方體的 → 名 cube 立方體 　名 cubicle 小隔間
16 square [skwɛr]	形 平方的;方形的 名 方形;廣場;街區 → 名 rectangle 長方形

Week
4th

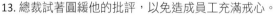

13. 總裁試著圓緩他的批評,以免造成員工充滿戒心。

14. 牙醫告訴病人,要等到牙齒填補物變硬,才能飲食。

15. 這個熱汽球裝有八萬立方英尺的熱空氣。

16. 霧層籠罩七平方英里的範圍,大幅減低能見度。

DAY
5th

275

❼ The fire broke out on the fourth floor of the **triangular** building.

❽ **Circle** the answer on the questionnaire that best represents your opinion.

❾ Make a **loop** at the stop sign and go back the way you came.

❿ Use a soft cotton cloth to wash the car and use **linear** strokes, not circles.

❼ triangular [traɪˈæŋgjələ]	形 三角形的;三方面的 → 名 triangle 三角形
❽ circle [ˈsɝkl̩]	動 圈出;圍著;旋轉 名 圓圈;圈子;範圍 → 動 encircle 環繞;繞行 　　形 circular 圓形的;環狀的;循環的
❾ loop [lup]	名 圈;環狀物;(呼拉)圈 動 繞環;用環扣住(或套住)
❿ linear [ˈlɪnɪə]	形 直線的;線的;長度的 → 動 line 劃線;排列　名 線條

17. 大火在三角形建築的四樓爆發。

18. 在問卷上圈選最符合你意見的答案。

19. 在停車標誌前轉一圈,然後照原路開回。

20. 用軟棉布洗車,並以直線而非劃圓圈方式擦拭。

21 They bought the condominium at the **height** of the real estate market.

22 The shelf couldn't support the **weight** of the heavy books and fell down.

23 My little daughter gave a new **dimension** to my life.

24 This canvas bag is 16 inches high and 10 inches in **diameter**.

---

21 height
[haɪt]

图 頂點；高度；高處
➔ 形 high 高的

---

22 weight
[wet]

图 重量；負擔
➔ 動 weigh 加重量於；稱……的重量

---

23 dimension
[dɪˋmɛnʃən]

图 重要性；範圍；尺寸；容積；規模
➔ 形 dimensional 尺寸的

---

24 diameter
[daɪˋæmətɚ]

图 直徑
➔ 形 diametral 直徑的
　形 radius 半徑的

Week
4th

DAY
5th

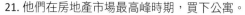

21. 他們在房地產市場最高峰時期，買下公寓。

22. 書架無法支撐厚重書籍的重量而倒塌。

23. 我的小女兒帶給我人生新的視野。

24. 這個帆布袋高十六英吋，直徑十英吋。

25 He became a billionaire overnight and **indulged** in luxuries.

26 She was shocked to hear that her father had a **terminal** illness.

27 He is always **poking** about the neighborhood.

28 Jonathan Ellis flew into a **fury** when he found out the stock market had tumbled.

25 indulge [ɪnˋdʌldʒ]	動 沉迷於；享受；縱容 → 名 indulgence 沉迷；縱容 形 indulgent 溺愛的；寬大的
26 terminal [ˋtɝmənḷ]	形 末期的；末端的；終點的 名 終點；總站；終端機
27 poke [pok]	動 翻找；戳；撥弄；探聽
28 fury [ˋfjʊrɪ]	名 狂怒；（天氣、疾病、感情等的）猛烈 → 形 furious 發怒的；激烈的

25. 他一夜致富，並沉浸在享樂中。
26. 得知父親罹患絕症時，她感到震驚。
27. 他總是在鄰近地區摸索閒逛。
28. 當強納森‧艾里斯發現股市暴跌時，震怒無比。

㉙ The **moist** dirt indicates that there is a leak somewhere in the pipeline.

㉚ The **twinkle** in his eye indicated he had the answer.

㉛ The vice president has no **mercy** on delinquent debtors.

㉜ He **propped** the chart against the whiteboard and continued on with the presentation.

㉙ moist [mɔɪst]	形 潮濕的；微濕的；多雨的 → 動 moisten 使濕潤；變濕 　 名 moisture 濕氣；水分
㉚ twinkle [ˋtwɪŋkl̩]	名 閃耀；閃亮；發光 動 閃閃發光；輕快地移
㉛ mercy [ˋmɝsɪ]	名 寬容；仁慈行為；慈悲 → 形 merciful 仁慈的；寬容的
㉜ prop [prɑp]	動 架起；支撐；維持 名 支撐物；靠山

Week
4th

29. 潮濕的泥土顯示水管某處漏水。
30. 他閃耀的眼神表示他有了答案。
31. 副總裁對欠債不還的債務人毫不寬待。
32. 他把圖表架在白板上，然後繼續演講。

DAY
5th

33 They are inspecting the building to determine if the smoke detectors are **operative**.

34 The electrician **coiled** some bare wire around the connector and the battery began to charge.

35 The water **swirled** down the drain.

36 She was still working at her desk as the morning sun **streamed** in the window.

33 operative [ˋɑpərɪtɪv]	形 運作正常的;操作的 → 動 operate 運作;營運;動手術 名 operation 運轉;手術
34 coil [kɔɪl]	動 把……捲成圈;盤繞 名 線圈
35 swirl [swɝl]	動 打旋;旋轉;使暈眩 名 旋轉;漩渦;暈眩
36 stream [strim]	動 流進;湧入;川流不息 名 溪流;光線;趨勢

33. 他們正在檢查大樓的煙霧警告器是否運作正常。

34. 電工把電線盤繞在插頭附近,電池開始充電。

35. 水呈渦旋狀流出排水管。

36. 當清晨的曙光瀉入窗口時,她仍在工作。

37 We left the **hustle** and bustle of the city for a quiet life in the mountains.

38 We can **glide** through this crisis easily.

39 Mr. Jones' executor will **auction** his estate this Saturday.

40 The strategy **backfired** when interest rates rose.

37 hustle [`hʌsļ]	名 忙碌；趕緊；推擠 動 急速行進；奔忙；推擠	
38 glide [glaɪd]	動 滑行；滑翔；消逝 名 滑行；下滑	
39 auction [`ɔkʃən]	動 拍賣；把……拍賣 名 拍賣	
40 backfire [`bæk͵faɪr]	動 事與願違；失敗 名 （引擎的）逆火；反效果	

Week
4th

37. 我們遠離都市**忙碌**與喧嘩，到山間尋找靜謐生活。

38. 我們可輕易**渡過**危機。

39. 瓊斯先生的遺囑執行人將於本週六**拍賣**他的地產。

40. 當利率上揚時，該策略發生**反效果**。

DAY
5th

❹① Please hang these coats on the **pegs** on the wall.

❹② The secretary **intercepted** the message before it could reach Mr. Hanson's desk.

❹③ The company was only able to **salvage** 70 percent of the oil spilled during the tank rupture.

❹④ After the dinner there will be a performance in the **auditorium**.

❹① **peg** [pɛg]	名 釘；樁 動 用釘子釘牢；固定
❹② **intercept** [ˌɪntəˈsɛpt]	動 攔截；截擊；截聽；終止 → 名 interception 攔截；竊聽 　　形 interceptive 遮斷的
❹③ **salvage** [ˈsælvɪdʒ]	動 搶救；挽救；打撈 名 搶救；獲救（船舶與人員）
❹④ **auditorium** [ˌɔdəˈtorɪəm]	名 禮堂；會堂；觀眾席

41. 請把外套掛在壁釘上。
42. 在訊息送達韓森先生書桌前，祕書攔下它。
43. 在油缸破裂時，公司只能搶救了 70% 的溢油。
44. 晚餐後，禮堂將有表演。

⑮ My car has a five-speed **manual** transmission.

⑯ This small **argument** could easily **escalate** into a huge fight.

⑰ Please **tack** this job announcement on the bulletin board in the employee lounge.

⑱ The animals seem delighted and are **squeaking** with pleasure.

⑮ **manual** [ˋmænjʊəl]	形 以手操縱的；手工的；體力的 名 手冊；簡介
⑯ **argument** [ˋɑrgjəmənt]	名 爭論；主張；論證 → 動 argue 議論；主張；爭吵 　形 argumentative 好爭論的
escalate [ˋɛskəˏlet]	動 逐漸升級；乘電扶梯爬登 → 名 escalation 逐步擴大或升高
⑰ **tack** [tæk]	動 用圖釘釘住；附加 名 圖釘；大頭釘
⑱ **squeak** [skwik]	動 以短促尖聲發出；吱吱叫 → 形 squeaky 吱吱響的

Week
4th

45. 我的車子有五段式手排變速器。
46. 這件小爭吵容易升至嚴重對立。
47. 請把工作通告用圖釘貼在員工休息室的布告欄上。
48. 動物們看起來很開心而吱吱叫個不停。

DAY
5th

❶ This article is adapted from his **forthcoming** book, *Doing Business in China*.

❷ All **incoming** calls are to be forwarded to my cellular phone number.

❸ The secretary's **notation** will help us recall the specifics of the deal.

❹ Her most **notable** accomplishment to date is a book on heart health.

❶ **forthcoming** [ˌforθˋkʌmɪŋ]	形 即將到來的;現有的
❷ **incoming** [ˋɪnˌkʌmɪŋ]	形 進來的;接踵而來的 名 進來;收入 → 反 形 outgoing 往外的;出發
❸ **notation** [noˋteʃən]	名 記錄;標記法;樂譜 → 動 notate 以符號記錄
❹ **notable** [ˋnotəbl̩]	形 值得注意的;顯著的 → 動 note 注意;記下 名 筆記 名 notability 顯著

1. 這篇文章改編自他即將出版的新書《在中國經商》。
2. 所有打進來的電話將轉接到我的手機號碼。
3. 祕書的筆記有助於我們想起有關協議的細節。
4. 她迄今最值得注意的成就,是完成一本有關心臟保健的書。

⑤ He said he got his hair cut but it was not
noticeable to us.

⑥ The **rental** car is **due** back at 3:00 p.m. on Thursday.

⑦ Her children are **obedient** and kind to the guests.

⑧ The **rebellious** child fought with her mother as she
was carried out of the toy store.

⑤ noticeable [`notɪsəbḷ]	形 顯而易見的；重要的 動 notice 通知　名 公告
⑥ rental [`rɛntḷ]	形 出租的；租借的 名 租賃（業）；租金收入 → 動 rent 租借　名 租金
due [dju]	形 到期的；應支付的 名 應付款；應得之物
⑦ obedient [ə`bidjənt]	形 順從的；恭順的 → 動 obey 遵從 　 名 obedience 服從；順服
⑧ rebellious [rɪ`bɛljəs]	形 反叛的；叛逆的 → 動 rebel 背叛　名 反叛者 　 名 rebellion 反叛；叛亂

Week
4th

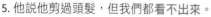

5. 他說他剪過頭髮，但我們都看不出來。

6. 租來的車子必須於週四下午三點歸還。

7. 她的小孩很乖而且對客人親切。

8. 因為被抱離玩具店，叛逆的小女孩不斷反抗母親。

DAY
6th

⑨ His **energetic** management style motivates many people.

⑩ I'm calling **regarding** the advertisement you have in the paper for the condominium for rent.

⑪ Skilled speakers usually find ways to **animate** group discussions.

⑫ Let's use a multiple-choice **format** for the questionnaire.

⑨ **energetic** [ˌɛnɚˈdʒɛtɪk]	形 精力旺盛的；有力的 → 動 energize 供給……能量；激勵 　　名 energy 精力；能量
⑩ **regarding** [rɪˈgɑrdɪŋ]	介 關於；就……而論 → 動 regard 把……認為　名 注重
⑪ **animate** [ˈænəˌmet]	動 鼓動；賦予生命；使有活力 [ˈænəmɪt] 形 活潑的；有生氣的 → 名 animation 活潑；熱烈；動畫片
⑫ **format** [ˈfɔrmæt]	名 形式；編排 動 格式化

9. 他積極的領導風格，激勵許多人。

10. 我打電話來，是有關你登報的公寓出租廣告。

11. 有技巧的演講者通常會設法促進小組討論。

12. 讓我們以選擇題形式來設計問卷。

13 He **swapped** his old monitor for a portable hard drive.

14 The clothes dryer **malfunctioned** and started a fire.

15 The chief is hopeful that the ads can bring **fruitful results**.

16 Carbon dioxide is a byproduct of the engine's **combustion** process.

---

13 swap
[swɑp]

動 以……作交換；交易
名 交換的東西

---

14 malfunction
[mælˋfʌŋʃən]

動 發生故障；機能失常
名 故障；機能不全

---

15 fruitful
[ˋfrutfəl]

形 富有成效的；收益好的；多產的
→ 名 fruitfulness 豐收
　 名 fruit 成果；果實

---

result
[rɪˋzʌlt]

名 結果；成果
動 發生；導致

---

16 combustion
[kəmˋbʌstʃən]

名 燃燒；氧化；騷動
→ 動 combust 消耗燃料；燃燒

13. 他以他的舊電腦螢幕，換來一顆行動硬碟。

14. 乾衣機運作失常，引起了火災。

15. 對於廣告能否帶來豐富成效，主任滿懷希望。

16. 二氧化碳為引擎燃燒過程中所產生的副產品。

Week
4th

DAY
6th

287

17 John Whitehead, chair of international relations, was **deposed** from office today after a fraud conviction.

18 The software engineer wants to **hasten** the release of the new program.

19 The mail carrier's bag was **bulging** with mail.

20 The **foremost** objective is to **cater** to large corporations.

17 depose [dɪˋpoz]	動 免職；罷免；廢（王位） → 名 deposal 罷黜
18 hasten [ˋhesn̩]	動 加速；催促；趕緊做…… → 名 haste 倉促；匆忙
19 bulge [bʌldʒ]	動 凸起；使膨脹 名 腫塊；膨脹；隆起處
20 foremost [ˋfor͵most]	形 最重要的；第一流的；最先的 副 首先；最重要地
cater [ˋketɚ]	動 供食；承辦宴席；迎合

17. 國際關係主任約翰・懷特海，今日因詐欺罪宣判而遭**免職**。

18. 軟體工程師想盡**快**發表新程式。

19. 郵差的袋子因塞滿郵件而**鼓**起。

20. 替大型公司包辦餐飲是最**首要**的目標。

21 He rushed **headlong** into the decision without giving it much thought.

22 His constant nagging is starting to **grate** on my nerves.

23 Please **refrain** from talking during the movie.

24 **Beware** of the dog.

21 headlong [ˈhɛdˌlɔŋ]	副 莽撞地；輕率地 形 頭朝前的；魯莽的
22 grate [gret]	動 使人煩躁；磨碎；發摩擦聲
23 refrain [rɪˈfren]	動 忍住；抑制；節制；戒除
24 beware [bɪˈwɛr]	動 當心；提防

Week
4th

21. 他未經考慮就魯莽地做出決定。

22. 他不停的嘮叨，就快讓我受不了了。

23. 請勿在電影放映時說話。

24. 提防那隻狗。

DAY
6th

25 Some of the **onlookers** **interfered** with the ambulance attendants.

26 We have to **tiptoe** down the hall or else we will wake the baby.

27 He had to **kneel** down and crawl under the table to get the pen he dropped.

28 The plants had just **sprouted** and the frost killed them.

25 **onlooker** [ˋɑnˌlʊkɚ]	名 觀眾；旁觀者
interfere [ˌɪntɚˋfɪr]	動 妨礙；牴觸；干預；調停 → 名 interference 干涉；妨害
26 **tiptoe** [ˋtɪpˌto]	動 踮起腳走；躡手躡腳地走 形 踮著腳
27 **kneel** [nil]	動 跪著；跪（下）
28 **sprout** [spraʊt]	動 發芽；使生長 名 萌芽；嫩芽

---

25. 有些**旁觀者**干擾救護人員工作。

26. 我們得**踮腳**尖通過走廊，要不然會驚醒嬰兒。

27. 他必須**跪**下爬進桌底，才能撿回掉落的筆。

28. 這植物才剛**發芽**，就被冰霜凍死了。

㉙ We need to nip this thing in the **bud** before it gets complicated.

㉚ Mr. Brown won't **countenance** the proposal.

㉛ Ms. Elmore tried to **downplay** her corporate success, but we all knew her outstanding record.

㉜ The old staircase **creaked** as we climbed to the second floor of the old office building.

㉙ **bud** [bʌd]	名 芽；發芽；花蕾 動 抽芽；剛生出
㉚ **countenance** [ˋkɑʊntənəns]	動 支持；鼓勵 名 贊成；鼓勵；表情
㉛ **downplay** [ˋdɑʊnple]	動 將……輕描淡寫；低估
㉜ **creak** [krik]	動 發出咯吱咯吱聲；勉強進行 名 咯吱咯吱聲

Week
4th

29. 在事情變複雜前，我們需在問題剛萌芽時就予以解決。

30. 勃朗先生將不會贊成這提案。

31. 愛爾摩小姐刻意輕描淡寫她在公司的成就，但我們都知道她輝煌的紀錄。

32. 當我們爬上舊辦公大樓二樓時，老舊樓梯發出咯吱聲。

DAY
6th

33 Everyone dislikes him because of his **indifference** to the working conditions of his employees.

34 Everyone knew that he was telling a **blatant** lie.

35 She spent the day filled with **rapture** when she found out she had been promoted.

36 The factory outlet offers clothing at an **exceptional** value of up to 50% off suggested retail price.

33 **indifference** [ɪnˋdɪfərəns]	名 莫不關心；冷淡；無關緊要 → 形 indifferent 冷淡的；中立的
34 **blatant** [ˋbletn̩t]	形 公然的；露骨的；刺眼的 → 名 blatancy 喧鬧；露骨
35 **rapture** [ˋræptʃɚ]	名 著迷；狂喜 動 使狂喜；歡天喜地
36 **exceptional** [ɪkˋsɛpʃən̩l]	形 特殊的；例外的；優秀的 → 名 exception 例外 　介 except 除⋯⋯之外

33. 他對員工工作環境漠不關心的態度，使他不受歡迎。

34. 大家都知道他公然說謊。

35. 在她得知升官消息後，整天都很開心。

36. 工廠批發店提供比建議零售價低五成的特價優惠。

37 I know when someone enters the shop because the bells on the door **jingle**.

38 The **stillness** in the boardroom after the presentation was unsettling.

39 The **tenant** filed a complaint with the property manager about the noise level in the apartment complex.

40 The President traces the breakdown of society to the **breakup** of families.

37 jingle [ˋdʒɪŋg!]	動 發出叮噹聲 名（金屬的）叮噹聲；音韻鏗鏘的詩； 廣告歌曲
38 stillness [ˋstɪlnɪs]	名 靜止；平靜；寂靜 → 形 still 靜止的；平靜的
39 tenant [ˋtɛnənt]	名 房客；住戶 動 租賃；居住於
40 breakup [ˋbrek͵ʌp]	名 瓦解；中斷；分手；崩潰

Week
4th

37. 我從大門上鈴噹的**叮噹聲**得知何時有人進到店裡。
38. 講座結束後，會議室並一片**靜默**，令人不安。
39. **房客**向地產管理人抱怨綜合公寓的噪音量。
40. 總統追蹤發現，社會的崩解導因於家庭**破裂**。

DAY
6th

293

④ **Adverse** circumstances prevented her from attending the convention.

④ An **exposition** of "green" cars and other products will be held at the L.A. Convention Center this weekend.

④ The new position is a much bigger **endeavor** than I wish to undertake.

④ The waitress filled the coffee cup up to the **brim**.

④ **adverse** [æd`vɝs]	形 不利的；逆向的；反對的 → 名 adversary 敵手　形 為敵的
④ **exposition** [ˌɛkspə`zɪʃən]	名 展覽會；說明 → 動 expose 揭露；曝光 　名 exposure 陳列；曝光
④ **endeavor** [ɪn`dɛvɚ]	名 努力 動 力圖；努力
④ **brim** [brɪm]	名 （容器的）邊緣；帽緣 動 注滿；溢出

41. 不利的情況使她無法參加大會。
42.「綠色（環保）車」及其他產品將於本週末在洛杉磯會議中心展出。
43. 新職位所需付出的**努力**，超過我所希望承擔的負荷。
44. 女侍把咖啡倒滿至**杯緣**。

45 He bore the pressure of being a business owner with great **fortitude**.

46 Radio telescopes use dish antennas to collect radio waves while **optical** telescopes use mirrors to collect light waves.

47 She **excelled** at drawing as a child and became a graphic designer as an adult.

48 We grabbed a snack from the **vending** machine and went back to work.

45 fortitude [ˋfɔrtəˌtjud]	名 剛毅;堅忍 → 形 fortitudinous 不屈不撓的精神
46 optical [ˋɑptɪkl]	形 光學的;眼睛的;視力的
47 excel [ɪkˋsɛl]	動 優於;勝於 → 名 excellence 卓越 　形 excellent 傑出的;優秀的
48 vend [vɛnd]	動 販賣;出售

Week
4th

45. 他以無比堅忍承受經營者的壓力。
46. 無線電望遠鏡以碟型天線收集電波,而光學望遠鏡以鏡片收集光波。
47. 她從小就精於繪畫,成年後就變成圖像設計師。
48. 我們從自動販賣機買了零食,然後回去工作。

DAY
6th

索引

標示 * 的地方，為本書學習範圍外的單字，在本書的例句中以黑色粗體字呈現。

closet	176	control	18	customs	39
cloth	51	controversy	46	cute	232
clothing	50	convenience	188	cycle	226
cloudy	196	conversation	24		
coastal	206	cooperation	245	**D**	
code	121	copy	55		
coil	280	correctly	224	daily	138
collar	51	costume	50	dangerous	92
colleague*	83	cottage	174	dash	229
column	143	couch	178	data	53
comb	212	cough	201	date	49
combat	131	count	67	dealer	127
combustion	287	countenance	291	dearly	64
comment	115	countless	43	decision*	110
commercial	124	couple	9	decorate	186
common*	123	courage	186	deeply	64
communicate	23	course	5	defensive	45
community	262	courteous*	25	definitely	27
completely	62	craftsman	248	delay*	99
complicated	228	crate	259	delicious	167
concern	36	creak	291	delightful	69
concert	246	creature	159	democratic	118
condominium	174	crew	268	denial	122
conduct*	21	crop	255	dental	210
confidence	108	cross	267	deny*	91
Congress	119	crossroad	267	depose	288
conjunction	245	crowded	44	desert	70
consequently	135	cruel	242	design	36
constantly	139	cruise	207	despite	133
constitution	120	cubic	275	dessert	162
construct	226	cultural	217	destroy	88
consultant	106	curl	253	detail	67
content*	86	currently	140	dew	195
contest	122	curriculum	152	dial	24
continent	204	curve	220	dialog	25

firstly	73	fragrance	170	goods*	19
fiscal*	215	frame	147	goodwill	101
fist	212	freedom	100	gorgeous	145
fit	188	frequent	140	gossip	250
fitness	203	freshman	151	government	118
flag	108	friendly	101	grace	145
flame	209	front	20	graduate	151
flap	234	frontier	21	grain	255
flash	215	frost	195	grand	145
flavor	168	fruitful	287	graphic	58
flesh	158	fry	165	grassy	178
floor	176	full-time	97	grate	289
flour	256	fully	62	graveyard	183
flowchart	56	fun	68	gravity	158
flu	200	fur	51	graze	257
flutter	252	furnace	177	grill	164
flyer*	143	furthermore	135	groom	85
foam	232	fury	278	groove	254
foe	73	future	141	grove	191
foggy	197			growl	142
follow	6	**G**		guard	47
foolish	16			guide	7
foreign	67	gap	235	gulf	204
foremost	288	garage	265	gulp	161
forest	191	gas	47		
forever	221	generally	63	**H**	
forget	242	genetic	157		
form	5	gentle	216	habit	144
format	286	gesture	217	hail	259
former	8	gift	112	hallway	176
forthcoming	284	glassware	59	hammer	173
fortitude	295	glide	281	handicap	4
fossil	77	global	125	handwriting	26
foundation	209	glory	237	hang	41
fountain	192	goal	100	happiness	102

L

label	109	list	81	mathematical	155
lace	274	lively	69	meal	162
land	19	local	263	meantime	240
lane	267	location	263	medication	199
lap	212	lock	116	medium	237
largely	63	log	22	melt	197
last*	113	lonely	82	membership	250
lately	48	loop	276	memorize	17
latest	49	lot	2	merchandise*	253
laugh	31	loud	115	merchant	127
law	120	lower	72	mercy	279
lawn	177	loyal	241	merely	33
lay	20	luck	141	merger	125
layer	20	lunar	109	merry	69
lazy	255	luncheon	162	metal	251
leadership	203			metropolitan	261
leftover	163	**M**		microwave	169
legend	185			middleman	127
legislation	119	main	28	midnight	49
leisure	117	major	28	mighty	132
lengthen	52	makeup	172	mild	217
level	46	malfunction	287	military	130
lick	161	mall	128	million	41
lid	251	mammal	192	mineral	251
lie	20	management	171	mining	251
lifelong	221	mankind	159	miracle	234
liken	150	manual	283	miserable	83
likewise	150	manuscript	79	miss	17
limb	254	market	125	mist	195
limit	37	marry	84	mistake	90
linear	276	marvel	103	mixture	235
linguistic	156	mass	42	modern	76
liquor	163	master	115	module	32
		masterpiece	248	moist	279
		material*	76	moment	214

N

O

P

T

國家圖書館出版品預行編目資料

新多益頻出字彙 1200. 初級 / L. A. Stefani
　作；王佳蓉 翻譯 -- 初版 . -- 臺北市：寂天
文化 , 2015.06 印刷
　面；　公分

ISBN 978-986-318-296-2 (20K 平裝附光碟片)
ISBN 978-986-318-357-0 (32K 平裝附光碟片)

1. 多益測驗　2. 詞彙
805.1895　　　　　　　　　104008869

新多益頻出字彙 1200【初級】

作者	L. A. Stefani
翻譯	王佳蓉
編輯	Gina Wang
審訂	Dennis Le Boeuf／景黎明
內文排版	謝青秀
封面設計	郭建暄

製程管理	宋建文
出 版 者	寂天文化事業股份有限公司
電 話	+886-(0)2-2365-9739
傳 真	+886-(0)2-2365-9835
網 址	www.icosmos.com.tw
讀者服務	onlineservice@icosmos.com.tw
出版日期	2015 年 6 月 初版二刷

本書為《基礎英語字彙 1200》之改版書
TOEIC TEST NYUUMON 1200 GO
© ITSUO SHIRONO & Lisa A. Stefani 1999
Originally published in Japan in 1999 by GOKEN CO., LTD.
Chinese translation rights arranged through TOHAN CORPORATION,
TOKYO

郵撥帳號 1998620-0 寂天文化事業股份有限公司
劃撥金額 600（含）元以上者，郵資免費。
訂購金額 600 元以下者，加收 65 元運費。
〔若有破損，請寄回更換，謝謝〕